Publié avec l'aide

Le Canton
du Valais
encourage
la culture
Der Kanton
Wallis
fördert Kultur

et

Avec le soutien de la

Loterie Romande

S. Corinna Bille

THÉODA

roman

postface de
Céline Cerny

Plaisir de Lire

À ma mère

I

LA NOCE

J'étais la huitième.

Au-dessus, il y avait d'abord Barnabé, c'était l'aîné, puis Léonard, Emilienne, Sidonie la méchante, Martin, Pierre, Romaine – elle avait deux ans de plus que moi – en dessous venaient les petits Maur, Cyrille et Marthe. En tout, nous étions onze.

Mon père avait les yeux bleus ; il parlait rarement. Ma mère avait des yeux noirs et chacun lui obéissait.

Le premier jour où j'ai vu ma famille, ce fut le jour du mariage de Barnabé. Je ne songe pas à Romaine, ni à mes petits frères et sœur qui m'étaient quotidiens et proches, mais à ceux qui faisaient partie de la zone supérieure, très distante de la nôtre. Ceux-là, parce qu'ils étaient tous assis autour de la table et que nous, les enfants, errions dans la chambre, désœuvrés, malheureux, j'eus le loisir de bien les regarder.

J'avais sept ans alors, l'âge de raison. Barnabé entrait dans sa vingt-deuxième année ; comme tous les paysans, il en paraissait davantage. Lui, plus encore que les autres, fut marqué de cet air de famille indéfinissable et tenace qui nous était propre et dont je me sentais honteuse parfois comme d'une tare : cette timidité qui devenait vite de la fanfaronnerie et cette asymétrie dans les traits, atténuée chez mes sœurs, surtout chez Emilienne, la plus belle, mais qui réapparut dans leur vieillesse. Noirs ou bleus, nous avions les yeux de ceux qui n'ont jamais rien vu, de ceux qui ne savent pas ; des regards comme devaient en avoir les premiers hommes, et cette innocence persistait malgré l'âge et la vie. Mais le bas du visage démentait la gravité du regard ; la bouche était large et pesante, terrestre, et l'on devinait les mâchoires fortes, les dents dures.

Ce jour-là, je les ai vus.

Ils sont demeurés en moi, graves et inévitables, dans leurs habits du dimanche qui les exhaussaient de la grisaille quotidienne en les rendant plus nets, plus voyants, mais qui détruisaient en eux un certain équilibre, accentuaient leur présence en la faussant un peu. Je vois le groupe en son entier et je ne puis séparer des autres l'un des personnages pour mieux l'examiner : ils ne sont visibles que tous ensemble.

Il me manque leurs mains. Les mains de Sidonie, longues et minces, créées pour se joindre, des mains de prière qui appartenaient à une fille autoritaire et moqueuse, je ne les découvris que bien des années plus tard. De même, celles de ma mère, des mains que je respectais, et qui étaient tortueuses et couleur de racines.

De la mariée, de son visage de ce jour-là, je n'ai conservé aucun souvenir. Je dus pourtant la regarder ainsi que l'on regarde toute nouvelle personne qui pénètre dans la famille, mais j'ai beau poser sur sa tête, sur ses cheveux qu'elle devait avoir lissés du bout des doigts, la petite couronne en forme de tour que portaient les épousées, je ne la vois pas. Quant à la couronne nuptiale, je me la rappelle distinctement et je puis en dénombrer les cabochons et les perles, car je l'avais, la veille, longuement contemplée en me demandant si elle subirait le même sort que celle d'une mal mariée de Terroua : le matin de ses noces, Lucinde Darbaz était entrée dans toutes les étables pour y salir sa parure. Elle marchait dans le fumier en y laissant traîner sa robe ; elle râpait ses joues, ses manches contre les murs couverts de salpêtre et les heurtait de sa coiffe pour en briser la verroterie. Ses parents l'avaient obligée de s'unir à un homme qu'elle n'aimait pas !... Aussi était-elle arrivée devant l'église, noircie, déchirée, avec un rire dans la bouche, et les assistants indignés ne comprirent pas qu'ils lui imposaient une souillure bien plus réelle et douloureuse que celle d'avoir profané ses atours.

Cette fois, il ne s'agissait pas de mariage forcé ni de dépit d'amour. Théoda, qui venait d'un autre village, un village au fond d'une vallée dont nous ne pouvions voir que la porte, avait épousé mon frère de son plein gré. Et sa petite couronne, elle en avait pris grand soin : je puis la reconstituer avec toutes ses perles, tandis que la tête qu'elle ornait, et son expression de ce jour-là, s'obstine à demeurer invisible. Il n'y a plus qu'un néant sous la couronne. Peut-être le visage de Théoda n'était-il pas encore sorti des limbes de son existence. Peut-être était-il insignifiant, ne laissait-il pas transparaître cet éclat, cette fermeté qui ne lui vinrent que plus tard.

Après le repas, qui n'avait rien de plantureux, car le mariage n'était pas considéré comme une grande fête – les gens de Terroua rendant d'instinct à cet événement sa gravité triste, son humble discrétion – chacun remettait ses vêtements de semaine et partait au travail. Et les mariés faisaient de même.

A quatre heures de l'après-midi, ma mère me donna une gourde de café au lait, du pain et du fromage, et me dit :

— C'est le goûter pour Barnabé et sa femme. Descends à la Combe, tu les y trouveras.

De loin, je vis leurs deux silhouettes courbées sous le soleil gris. Ils arrachaient les pommes de terre. Je m'approchai. Au bout du champ, se dressait un arbre, le seul dans le paysage. Durant mon enfance, la forme étrange de cet arbre, toutes branches levées – un arbre qui appelait au secours – m'intrigua. J'imaginais qu'il était unique de son espèce et que personne n'en savait le nom. Un jour, beaucoup plus tard, j'appris que c'était un poirier.

Barnabé et sa femme ne me voyaient pas venir. Mon frère m'aperçut en se relevant. Il attendit sans faire un geste, puis il poussa une exclamation : « Hé ! Marceline ! » Théoda, je le suppose car elle ne m'adressa aucune parole et je n'osai la regarder, devait avoir son air effacé, son air d'être absente d'elle-même, qu'elle eut les premiers temps. Barnabé me saisit et me souleva de terre avec un entrain que je ne lui connaissais pas. Je vis qu'il était laid et j'eus honte de lui.

A table, j'avais entendu l'un des invités dire : « Ils ont bien raison de se marier en octobre. Ils se tiendront chaud pendant l'hiver. » Et le soir, avant de m'endormir, étendue auprès de mon petit frère Maur dont la chaleur douce entourait mon corps et mon âme, je pensais qu'il s'était trompé celui qui avait dit cela, que Barnabé devait, au contraire, ressentir un grand froid dans sa nouvelle chambre, aux côtés d'une étrangère.

II

LES SAUTERELLES D'EGYPTE

Nous n'avions pas qu'un village. Nous en avions deux.

L'un près du fleuve, dans les vignes et les vergers : Pragnin. L'autre à deux heures de marche au-dessus : Terroua. Et nous allions de l'un à l'autre selon les saisons ; déménageant, emménageant sept fois durant l'année.

Deux noms à leur ressemblance. Pragnin qui est de guingois, pas du tout stable et qui s'étage. Terroua qui pèse lourd, qui tient ferme au sol et qui refuse de se confondre avec le ciel.

Deux villages et pourtant le même, avec les mêmes habitants, les mêmes pensées. Ainsi furent Rémi et Théoda : un homme et une femme, deux et pourtant la même chair et la même âme.

Une cinquantaine de familles y vivaient. Presque toujours deux ou trois par maison, sauf le curé qui en occupait une pour lui seul. On habitait un étage à Pragnin et un autre à Terroua. On possédait des prés et des champs disséminés du haut en bas de la montagne et des vignes dans la plaine.

Pour les gens d'ailleurs, ces familles auraient pu paraître toutes semblables. Pour nous, il existait de grandes différences. Certes, il y en avait entre les propriétaires de quinze vaches et ceux qui n'en faisaient paître que trois, entre les petits possédants, comme on disait de certains, et ceux qui n'avaient qu'un pré, entre un conseiller et un citoyen dont le nom ne figurait sur aucune liste électorale.

Nous étions parmi les petits possédants.

*

*　　*

Je ne me souviens pas avoir eu faim ni froid dans mon enfance, sauf peut-être quand nous gardions les vaches sous la pluie, ou lorsque nous montions de Pragnin à Terroua tous les dimanches de carême pour assister à la messe, car le curé ne descendait pas.

Nous vivions toujours dehors ; le froid, la pluie, la neige, la glace, de même que le grand soleil nous étaient familiers.

Les jours de trop vilain temps, nous restions dans la chambre et nous passions les heures à aller et venir, à faire tant de bruit sur le plancher avec nos socques, qu'il arrivait toujours un moment où ma mère ne pouvait plus nous supporter.

— Allez chez la grand-maman ! ordonnait-elle. Nous partions, agglutinés, accrochés les uns aux autres, et dans l'escalier c'était encore un grand tintamarre, mais plus clair, plus sonnant que celui de la chambre. Derrière la porte refermée, notre mère devait l'entendre en serrant les mâchoires. Elle se retrouvait seule, avec l'odeur de ses enfants qui persistait autour d'elle, animale, étouffante.

Chez les grands-parents, nous recommencions le même jeu, incapables de rester tranquilles une minute, et nous y mettions encore plus de force et d'élan, car nous n'avions pas à craindre l'aïeule.

Pourtant, il y avait le grand-père. Il ne disait jamais un mot. Il était assis, le dos à la paroi, et ses yeux d'un bleu de papillon lycoène nous observaient. Sa présence pesait si peu que nous n'y prenions garde. Mais parfois, nous cessions tout à coup de jouer, inquiets... Le regard fixé sur nous était plein d'une exaspération muette que nous percevions mal sous son apparence si bleue. Nous hésitions une seconde, puis notre manège ébranlait à nouveau les planches. Je n'ai jamais su ce qu'il pensait de nous dans ces moments-là, mais ça ne devait pas être des choses aimables.

La grand-mère, elle, nous souriait toujours. Elle nous avait surnommés les sauterelles d'Egypte. Et c'est vrai que nous étions aussi agaçants que des sauterelles, avec nos mains poisseuses, nos stridulations monotones, rongeant, abîmant tout sur notre passage.

Mais arrivait l'instant où l'on nous chassait. Alors on allait chez Bathilde la voisine. Je m'arrangeais souvent pour y être seule. Près de cette femme, j 'éprouvais une grande paix ; je m'asseyais et demeurais immobile. Elle ne me gronderait pas comme ma mère était toujours prête à le faire. Je savais qu'auprès d'elle je ne commettrais pas le mal, que je n'aurais pas envie de mentir ni de désobéir.

Si j'avais osé lui en parler, peut-être Bathilde aurait-elle compris le grand désir que j'avais des poupées saintes. Durant les offices divins, je les regardais, l'une surtout ; la Vierge Marie aux longs cheveux, placée sur le petit autel du transept qui faisait face aux bancs des femmes. Elle était en bois peint, le corps robuste, avec une figure de paysanne pas jolie. J'imaginais en étoffe son peplum de bois doré et le redrapais à ma manière ; je tressais les cheveux châtains. Cette prise de possession s'accomplissait avec tant de ferveur que le sentiment d'un sacrilège ne m'effleurait pas. Il existait une autre statue que je ne pouvais voir qu'à certaines fêtes, à l'Assomption ou à l'Immaculée. Elle était très différente de l'autre et je la préférais. Toute en cire, le visage fragile, lumineux, elle semblait d'une essence plus raffinée. Elle portait une petite couronne presque identique à celle des mariées et sa garde-robe se composait de trois tuniques en tissus véritables et précieux que les jeunes filles de Terroua changeaient plusieurs fois l'an, lors des processions. Les autres jours, elle restait enfermée à la sacristie, et son teint pâle était bien celui d'une dame qui ne vit pas au grand air. La plus somptueuse de ses robes était en velours grenat brodé de rondelles métalliques et de fils d'or. Un chapelet lui ceignait la taille, elle avait un collier de perles autour du cou.

Plus tard, j'eus des statues vivantes que j'entourai de cette même curiosité inlassable et contemplative. J'eus Rémi et Théoda ; et malgré ce qu'ils firent, ou peut-être à cause de ce qu'ils firent, mon admiration demeura mêlée de désir, d'effroi et de respect.

Quel fut, à côté de cet amour, celui que je vouai à ma simple poupée laïque ? Peu de chose en comparaison. Elle avait une grosse tête disproportionnée à son corps ; en cela elle rappelait les enfants de la famille Bouraz, tous nains, avec une énorme figure ronde et jaune. On ne savait pas s'ils étaient vieux ou jeunes ; ils semblaient issus d'une autre race. Mais ma poupée était rose, d'un rose violacé comme la peau des gens qui ont froid. Et je suis sûre que ma poupée devait être malheureuse, car elle était nue. J'en éprouve un peu de honte à présent. Il est possible qu'elle ait eu des habits les premières années de son existence, mais l'usure les avait fait disparaître et personne n'eut l'idée ni le loisir de lui en tailler d'autres.

Un jour que je me tenais assise au sommet de l'étroit escalier de pierre de la maison de Terroua dont nous habitions le second étage, la poupée m'échappa des mains. Je la vis rebondir d'une marche à l'autre et j'aurais eu le temps de la rattraper si la surprise ne m'eût paralysée. Je la regardais se disloquer avec lenteur, perdre un bras, une jambe, enfin la tête qui se brisa en quatre morceaux.

Je ne sais si j'ai pleuré et si j'eus du chagrin, mais je me souviens qu'il me fut très pénible d'en ramasser les débris. Ils traînèrent plusieurs jours dans la cour. Je n'osais plus passer près d'eux ; leur image me poursuivait comme un remords. Un corps sans sépulture ne m'aurait pas tourmentée davantage.

Des gamins s'emparèrent de deux ou trois morceaux et je me décidai à enterrer ce qui restait. Je découvris quelque chose qui ressemblait à une bille, une moitié brillante comme du verre et l'autre rose mat. Je finis par comprendre c'était un œil. Il me répugna.

Mon frère Léonard, derrière mon dos, me dit en ricanant :

— C'est l'œil de Caïn.

*

*   *

Léonard aimait à sortir le dimanche, à s'attarder dans les caves ou au café. Ma mère n'admettait pas cela. Ces lieux étaient des lieux de perdition ; le vin, la danse et la musique étaient les entremetteurs du diable et vous menaient droit en enfer.

Lorsque son fils rentrait trop tard – une fois il n'était arrivé qu'à trois heures du matin – elle le recevait avec des paroles blessantes :

— Tu n'as pas honte de te conduire ainsi ? Tu te perdras. En quelle compagnie ! Marcien Ravailler et ton Joseph sont des gens de rien. Je te défends d'aller avec eux ! Entends-tu, fainéant ?

Léonard ne répondait pas. Il pensait peut-être que son ami Joseph répliquait à sa mère quand elle le réprimandait ainsi : « Je ne me suis pas fait moi-même ! » Mais chez nous, personne ne se serait permis un tel irrespect.

J'étais effrayée par le visage de mon frère qui devenait laid, durant ces moments-là, de ne pouvoir exprimer sa révolte, d'être obligé de la garder en lui, de la loger sous sa peau, dans l'ombre de son regard. Il serrait les lèvres, mais sa colère enflait la chair autour ; il pinçait le nez, mais ses narines se gonflaient, palpitaient, et ses yeux s'enfonçaient dans leurs orbites comme s'ils eussent voulu se cacher.

Il se tenait toujours un peu de côté, évitant ainsi de recevoir la décharge en face. Et moi, pour annihiler sa présence, pour ne plus entendre ma mère, je mettais ma figure dans l'oreiller et je me couchais à plat ventre, recherchant sans le savoir la position la plus consolante qui soit, peut-être parce qu'elle vous permet de tourner le dos au monde et de se retrouver seul avec son chagrin, ce chagrin qui vous est propre et dont l'intimité vous apaise.

Je ne dormais plus avec Maur. Un soir, ma mère avait dit devant tout le monde en nous regardant d'un drôle d'air un peu moqueur :

— Hé ! hé ! ces deux-là, c'est le moment de les séparer.

Cette remarque et ce qu'elle contenait m'avait blessée. A dater de ce jour, je me mis à haïr les grandes personnes et leur façon de faire apparaître le Mal partout.

Je n'aimais pas non plus que ma mère chargeât Léonard de tant de péchés ; justement ceux qu'on jugeait les plus graves, ceux du troisième, du sixième et du neuvième commandement.

Il décida de partir et d'aller à Genève chercher une place. Il avait vingt et un ans. Mes parents ne s'y opposèrent pas. C'était la coutume au village, dans les familles pauvres, que les aînés s'en aillent et qu'ils envoient à la maison l'argent qu'ils gagneraient. On trouvait juste qu'une fois élevés, les enfants rendissent à leurs parents ce que ceux-ci avaient fait pour eux. Quant aux travaux de la campagne, les cadets s'en chargeaient.

Ce fut en carême, par un jour de grand fœhn, que notre frère nous quitta. Une dernière fois, il mangeait à la maison de Pragnin avec son compagnon Ravailler qui partait aussi. Ma mère, pour les fêter, leur avait préparé une belle omelette, et nous, les sauterelles d'Egypte, étions autour d'eux à les regarder manger. Nous nous approchions même trop de Léonard, car il nous écarta du pied. Il n'avait que faire de notre compagnie, lui ! Il n'était déjà plus du village.

III

PREMIER PRINTEMPS

Deux semaines après, ma mère eut son douzième enfant : un garçon. Pour remplacer celui qui était parti et dont nous n'avions pas de nouvelles. On l'appela Siméon. Ainsi qu'elle avait fait pour les autres, pour nous tous, elle le mit au monde sans un cri, sans une plainte. Ces événements se passaient avec discrétion. Le reste de la famille ne s'en apercevait pas, malgré la promiscuité très grande dans laquelle nous vivions.

Théoda vint regarder l'enfant couché dans le lit de mes parents. Il était encore rouge, et ridé, avec une bouche pleine de lait.

— Et toi ?... demanda ma mère à la jeune femme.

Elle ne répondit pas.

Il y avait deux ans et demi qu'elle avait épousé Barnabé.

Je n'eus guère le temps de m'occuper du frère nouvelet ; mes sœurs aînées s'en chargèrent. J'allais à l'école.

N'eût été mon admiration pour la régente, je m'y serais bien ennuyée. Elle me remplissait d'étonnement. Je la trouvais si différente de moi, de nous, dans la précision inaltérable de toute sa personne. Elle avait des lèvres qui ne bredouillaient pas, tandis que les nôtres se blessaient aux lettres de l'alphabet ; des yeux dont le blanc demeurait intact, contrairement aux miens qui s'altéraient vite, que le soleil et la poussière rougissaient, que le froid décolorait ; des joues lisses au rose invariable ; un nez droit, à la respiration discrète et régulière, qu'elle n'avait jamais besoin de moucher. Les gens autour d'elle et nous, semblions des ébauches. Elle était la Perfection et il nous était donné de la contempler.

Je ne sais si elle souffrit de nous, de nos odeurs, de nos défauts, de nos ignorances ; je me demande si elle sut jamais ce qu'elle représentait pour nous. Par orgueil, par pudeur peut-être, nous dissimulions cet instinct si naturel, si humain, d'adorer, qui est tout aussi fort en l'homme que celui de détruire.

J'étais dans la classe des filles avec Romaine. Quant à Martin, Pierre et Maur, ils suivaient celle des garçons tenue par un régent.

Mars n'était pas comme les autres mois de l'année. Nous n'avions plus conscience d'être ce que nous étions, par exemple, en hiver : des filles ou des garçons, de bons ou de mauvais élèves. Nous n'existions plus. Le Printemps prenait toute la place. Il entrait dans l'école par sa clarté qui en agrandissait les fenêtres et nous poussait hors de nous-mêmes, par les sons des coups de pioches venant des vignes, ce bruit du fer qui heurte les cailloux. Nous devinions alors que le monde était fait de terre, de pierre, de feu, et non de mots et de chiffres ainsi qu'on nous l'enseignait.

Prise dans un rets de lumière qui l'isolait de nous, la régente elle-même avait perdu son pouvoir. Ses réprimandes au sujet de nos distractions étaient accueillies avec indifférence, comme si elles fussent venues de trop loin. Et quand nous saisissions notre porte-plume de la main droite et appuyions de la main gauche sur notre cahier pour bien l'aplatir, ce n'étaient plus des objets usuels que nous touchions, mais des morceaux de printemps, le soleil leur ayant donné vie et chaleur.

Il y avait trois Pragnin. C'est beaucoup pour un petit village. L'école était située à Pragnin-d'en-Haut, à vingt minutes de Pragnin de la Crête où nous avions notre maison, et la moitié du trajet se faisait en compagnie des élèves de Pragnin-d'en-Bas.

Le chemin avait une grande importance. C'est là que se passaient tous les jeux. Ils naissaient du printemps même qui s'y montrait sous sa forme la plus humble : les flaques d'eau, la boue, puis la poussière que le fœhn soulève... Nous ne regardions pas ailleurs. C'était un printemps au ras du sol – ce qui est sa manière aussi. A peine la neige avait-elle fondu, que les garçons gravaient leurs signes sur la terre comme on marque une bête ou une chose qui vous appartient ; ils la heurtaient du talon et lançaient sur elle leurs billes et leurs agates. Ce privilège leur était réservé ; nous, les filles, jouions à la marelle, à « Délivrez ! Partez ! », aux jeux des boutons et des petites pierres.

Nous avions aussi des chansons, *Margoton s'en va-t-à l'eau, l'Oiseau en cage*, et celle des *Trois filles :*

Nous étions trois filles
Trois filles de quinze ans
Mon père nous fit faire
Trois beaux habits blancs

Le refrain aurait dû être : *Tout tout tout galonné, galonné – Tout tout tout galonné d'argent*, mais nos oreilles, plus habituées aux carillons qu'aux chansonnettes, l'avaient déformé. Nous le disions ainsi :

Et ding dong dong garinon, garinette,
Et ding dong dong garinon, gazon.

Les garçons excitaient notre jalousie. Chaque printemps, ils sortaient leurs castagnettes – deux petits morceaux de bois taillés grossièrement, un peu arrondis à leur base et incurvés là où se glissaient les doigts – et tout le long du chemin, de leur hameau à la maison d'école, ils faisaient entendre des

ter lec tec tec

qui frappaient l'air de mars comme des milliers de coups de bec.

C'était beau de les écouter et de les voir. Nous éprouvions une peur joyeuse ; ils paraissaient doués d'une puissance qui les rendait maîtres de l'univers et de nous, les filles.

Nous n'avions que nos petits jeux !

De même que les billes, les castagnettes nous étaient interdites. Pourtant, nous décidâmes d'en jouer aussi. Nos frères nous en taillèrent de semblables aux leurs, et un beau matin, nous partîmes pour l'école, marchant deux par deux, bien droites, le bras levé, le pas victorieux, le visage grave tant nous étions fières :

ter lec tec tec   ter lec tec tec.

Nous croisâmes Barnabé et sa femme qui allaient travailler aux vignes. Ils nous sourirent. Nous rencontrâmes le régent. Il ne fit point de remarque, mais nous comprîmes à son regard que ce seraient nos derniers claquements de castagnettes.

Il raconta tout à la régente. Elle nous gronda et nous fûmes obligées de rester en punition après la classe, les grandes à copier en entier le verbe : « Je suis une désobéissante », les petites à remplir trois pages de bâtons.

*

*   *

Les jours de congé, on allait aux vignes, ce monde qui est si nu, si caillouteux, hostile et qu'un verger, de temps à autre, apaise comme une oasis. Devant ces terres toujours penchées, offertes au soleil, au gel, au vent, et dont les ceps noirs et tordus, des arbustes maudits, semblaient si pauvres, incapables de produire, il me venait une grande pitié pour tous ces hommes qui s'acharnaient sur elles. Ebranlée par la dureté printanière, ma foi aux saisons prochaines avait disparu.

Nous aimions aussi descendre jusqu'aux vignes de la plaine qui appartenaient aux habitants de Malloès, ce village au bord du fleuve, car ils avaient l'habitude de les travailler aux sons d'une fanfare. De loin, nous écoutions les cuivres et les tambours, nous voyions flotter le drapeau. Et de cette fête qui n'était pas pour nous, qui ne nous regardait pas, nous recueillions les miettes avec reconnaissance, sans songer que nous aurions pu nous aussi avoir une fanfare, si seulement les hommes de Terroua l'avaient voulu. Mais je crois que nous n'étions pas musiciens.

Quand les vignes étaient toutes piochées, leur terre rose et neuve, les échalas plantés, et que les prés verdoyaient et que les arbres commençaient à fleurir, il fallait vers le quinze avril quitter ce printemps qui s'éveillait, non seulement au cœur de la nature, mais aussi au cœur de notre chair, et remonter à Terroua. Là-haut, c'était encore l'hiver et la neige sale traînait dans les prés grisâtres. Nos corps habitués déjà aux premières chaleurs se raidissaient, se révoltaient contre le froid. On disait pour se consoler :

— Allez ! Ils endurent aussi en bas. Les pêchers ont gelé... Et puis il y a les Saints de Glace.

Notre voisine Bathilde, malade depuis trois semaines, mourut. Emilienne vint me le dire :

— Elle m'a fait appeler ?

— Non, répondit ma sœur.

J'étais étonnée et déçue. Je voulus connaître ses derniers moments, On m'apprit qu'elle grelottait malgré le poêle et qu'elle disait : « Tournez-moi du côté du soleil. » Elle avait encore demandé, car elle se croyait à Pragnin : « Menez-moi dans la vigne. Couchez-moi dans une versanne. » Puis elle priait de nouveau qu'on la tournât du côté du soleil.

— Elle avait froid parce que son âme s'en allait, m'expliquait Emilienne. Tu comprends, Marceline, l'âme c'est la chaleur du corps.

Bathilde revêtue de son costume des dimanches fut exposée sur son lit entre deux cierges, et les gens défilèrent devant elle. J'étais là aussi. Il faisait très chaud dans la chambre dont on prenait bien garde d'ouvrir les fenêtres. Pour la première fois je contemplais un mort. Je n'aurais peut-être pas compris ce qu'était la Mort si, dans l'un des yeux mal fermés de Bathilde, une grosse mouche verte ne s'était posée et refusait de partir. Ainsi, on ne pouvait plus se défendre...

Je sortis m'asseoir sur une marche de l'escalier et là je pleurai, je pleurai. Les gens qui entraient maugréaient contre moi. J'encombrais le passage. Une femme se pencha :

— Mais ne pleure pas comme ça, voyons ! Ce n'est pas ta maman.

IV

DE LA PART DE DIEU, QUI ETES-VOUS ?

On commençait à raconter dans le village que Théoda était dépensière.

— Pensez donc ! avait dit la femme du Sceautier, elle fait toujours griller le lard pour qu'il soit meilleur.

— Oh ! oui, elle aime ce qui est bon.

— Elle aime aussi ce qui est beau : chaque dimanche elle a un autre fichu ! ajoutait la femme du Juge qui était seule à porter un chapeau falbala et qui n'admettait pas chez les autres des particularités vestimentaires.

— Pauvre Barnabé ! Qu'est-ce qu'il a été ramasser là ! Comme s'il n'y avait pas assez de filles à Terroua.

— Une femme qui a le goût du luxe...

Certaines disaient la luxure ; on ne distinguait pas bien la différence entre les deux mots.

Mais le jour où l'on connut sa dernière acquisition...

Elle avait voulu un grand lit à dais supporté par quatre colonnes torses. Elle dit à Barnabé qu'il lui déplaisait que leur couche s'offrît aux regards de tous ceux qui entreraient dans la chambre. Elle le persuada. Elle obtint le lit.

Le charpentier de Terroua n'en avait jamais fabriqué de pareil. Comme il ne sculptait guère le bois : « Je n'ai pas la patience, marmonnait-il, c'est trop long... », il en confia l'ornement à Frédéric qui était pâtre tout l'été à la montagne et qui passait son temps, tout en gardant le troupeau, à couvrir d'encoches au poignard, des bâtons et des planches ; ces encoches représentaient des fleurs à cinq pétales, des cœurs, des étoiles. Frédéric en grava sur les côtés du lit et le long des colonnes qui n'étaient pas torses mais droites. Théoda y suspendit des courtines blanches à rayures rouges.

Elle aimait les couleurs, le rouge surtout. Elle en portait sur son costume – celui de sa vallée – qui était plus voyant que le nôtre. Chez nous, les femmes mariées cessaient de coudre des rubans clairs à leur chapeau et l'on ne voyait plus que du noir ou des teintes sombres sur leur corps. Au milieu d'elles, le dimanche, Théoda illuminait toute la nef de l'église. Son foulard aux arabesques vermillon fleurissait sur ses épaules, son tablier vibrait d'une étrange musique lorsqu'il frôlait le banc où elle se mettait à genoux ; et sur son chapeau, aux mêmes ailes, légèrement plus incurvées, que les nôtres mais à la calotte élevée, s'étageaient des mètres de rubans. On en oubliait de regarder son visage qui demeurait encore au centre d'elle-même, qui n'exprimait que ce qu'il devait.

Un dimanche, Marcien Ravailler réapparut au village. Il arriva pendant la messe. A la sortie, on le questionna.

— Et Léonard ? demanda ma mère brusquement.

Il releva les sourcils et rentra le cou :

— Je ne sais pas... répondit-il. Je pensais qu'il était revenu.

Il ignorait ce que Léonard avait fait depuis qu'ils s'étaient quittés, peu de jours après leur arrivée dans la grande ville. Plus tard, il nous apprit qu'une chicane avait éclaté entre eux.

— On ne trouvait pas de bonnes places, alors moi j'ai été chercher plus loin.

— Et tu es de nouveau ici parce qu'on n'a pas voulu de toi ? se moqua un vieillard.

— Bête tu es parti, bête tu reviens ! fit Eusèbe Marily, notre parent.

Quant au père Ravailler, il fut content de revoir son fils.

— Je me retire de mes fonctions de sonneur, lui dit-il, et c'est toi qui seras marguillier. J'ai bientôt cent ans ; la grande cloche est lourde : je ne peux plus la faire sonner à la volée, et mes membres sont trop gourds pour agiter les cordes du carillon.

C'est vrai qu'il devait être pénible pour lui de se tenir sur ces planches instables, avec du vide au-dessus et en dessous, comme une marionnette, les coudes, les mains et les genoux attachés à des cordes.

— On ne m'entend plus.

Oui, on l'entendait à peine le carillon du vieux. Les sons restaient dans le clocher. A cause de cela, on l'écoutait mieux ; il fallait être immobile et faire son âme très douce pour le recevoir. Et quelle lenteur – oh ! l'homme avait tout le temps. Quand il était fatigué, il s'arrêtait quelques minutes, puis il reprenait. Si un rythme lui demandait trop d'effort, il le simplifiait ou bien laissait un espace entre chaque coup. Il sonnait pour lui-même ; c'était un carillon tout intérieur.

Certaines personnes avaient porté plainte : les offices n'étaient pas aux heures régulières, Ravallier n'en faisait qu'à sa tête, il se moquait du monde. Il était payé pour sonner proprement, ou quoi ?

Le curé dit qu'il y veillerait. Sur ces disputes, Marcien était revenu.

Il sut se faire entendre, lui ! Il arracha les volets du clocher pour que les sons s'éparpillent tout autour et ding, dong, il les secouait ses cloches ! Mais on remarqua ce que lui-même ignorait : son carillon lui ressembla. La cadence en fut irrégulière, saccadée ; les cloches ne savaient pas attendre leur tour pour donner la note, elles la donnaient toutes ensemble ou quand il n'aurait pas fallu ; il y avait aussi des arrêts, de brusques reprises. On n'émit pas trop de critiques. On craignait Marcien.

Court sur jambes, mais râblé, les hanches souples, il faisait penser à un petit taureau de cette race nerveuse qui venait de la vallée de Théoda. Il avait une grosse tête aux cheveux noirs frisés qu'il portait un peu en avant comme si elle était trop lourde et avec laquelle il aurait aimé pouvoir donner des coups. Il se battait souvent. Quand on le connaissait bien, on se rendait compte qu'à la minute où il paraissait le plus furieux, soudain quelque chose craquait en lui, se disloquait ; rarement son adversaire avait su tirer parti de cette faiblesse.

Il plaisait aux femmes : il savait les faire rire. « C'est un comique », disaient-elles. Et si on lui demandait son secret, il répondait :

— Je me distrais moi-même, les autres n'ont qu'à prendre ou ne pas prendre.

C'était inexact ; on sentait à l'écouter qu'il songeait à l'effet.

On le rencontrait souvent avec Rémi Carroz, et l'on s'en étonnait. Peut-être leur dissemblance était-elle à la base de leur entente. Autant Marcien était inquiet, bavard, autant son ami paraissait calme et silencieux. « Il est fier », disait-on de Rémi, sans ajouter rien de plus, car on le respectait. On le connaissait peu : un homme qui ne se laissait pas pénétrer.

Les réponses évasives de Marcien au sujet de Léonard avaient soulevé entre mes parents une discussion que nous devinâmes plutôt que nous ne l'entendîmes. Le soir, ne voyant pas notre père à table, notre mère nous dit :

— Il est descendu à Pragnin.

Elle ajouta avec un petit rire :

— Oh ! il reviendra bien.

Quand son mari se fâchait contre elle, il s'en allait, pour quelques jours, vivre seul à Pragnin. Sa colère apaisée, il remontait à la maison et reprenait sa place à côté de sa femme comme si rien ne s'était passé.

Souvent, il lui reprochait sa sévérité à l'égard de leur fils, sûr qu'elle était la cause de son départ.

Au bout de cinq jours, mon père ne revenant pas, ma mère me chargea d'une petite hotte dans laquelle elle mit de la viande séchée et du beurre, et me dit d'aller la déposer dans notre cuisine de Pragnin.

— Regarde en passant si le père y est toujours. On était à la mi-avril. L'air très froid sentait la neige, et les buissons n'étaient encore que des nids de branches noires et d'épines en bordure du chemin qui descendait sur Ziouc, un petit hameau entre Pragnin et Terroua où nous avions un logement, des jardins de chanvre et de betteraves ; mais rares étaient les temps où nous l'habitions et il nous arrivait parfois d'en oublier l'existence. Il n'y avait personne et j'eus peur en le traversant. Je préférais marcher sur les prés qui s'étendaient plus bas et qui étaient doux sous les semelles après les cailloux des sentes ; dans l'herbe jaunie et sale qui commençait pourtant à verdir par places, on trouvait de minuscules coquilles d'escargots que nous aimions saisir et briser entre les doigts.

Il me fallut reprendre le chemin qui pénétrait dans un petit bois de pins et de chênes. L'hiver venait à peine de le quitter ; son empreinte demeurait encore sur la végétation du sol que le poids de la neige avait foulée et pâlie. « Qu'il me tarde de voir le vrai printemps ! », pensais-je. J'avais surtout un grand désir de fleurs, mais je doutais de leur présence en ce lieu où la glace n'avait pas entièrement disparu.

Arrivée dans une clairière, en apparence aussi figée que les autres, je m'aperçus qu'entre les herbes mortes, au pied des genévriers, de nombreuses touffes d'hépatiques mauves, roses, bleues ou blanches, vivaient. Comme un débordement de lumière souterraine, elles affleuraient un peu partout en masses serrées, leurs tiges invisibles sous les corolles minces et pourtant précises. Dans la forêt atone et sans couleur, elles paraissaient douées d'une force secrète qui les surélevait et me donnait l'impression d'un jaillissement. Il m'en vint un étrange bonheur et de la reconnaissance. Nous étions les seules vivantes ici... Je ne les cueillis pas, je savais qu'elles se faneraient, mais je les touchais de la main et les gardais longtemps sous mes yeux.

Des gémissements se firent entendre ; à la fois proches et lointains. Je n'étais donc pas seule ? Ils cessèrent. « Est-ce une bête ? Est-ce le vent ? » me demandai-je, inquiète. « Ou me suis-je trompée ?... » Cela recommença. Dès le premier instant, j'avais songé aux âmes. Alors, d'une voix qui n'était plus la mienne, je posai la question rituelle que ma mère m'avait recommandé de dire en pareil cas :

— De la part de Dieu, qui êtes-vous ?

Rien ne répondit. J'attendais. Les gémissements reprirent, plus faibles. Je m'avançai de quelques pas ; il me semblait en marchant faire bouger toute la forêt. J'étais maintenant de l'autre côté de la clairière. En dessous de moi, au creux d'une combe, je vis un homme et une femme mêlés l'un à l'autre.

Ce n'était plus un homme et une femme, mais un nouvel être : Rémi et Théoda.

V

LES DIMANCHES

A Pragnin, mon père sciait du bois dans la cour. Je fus contente de le revoir. Nous remontâmes ensemble à Terroua, sans parler. Je lui tenais la main ; de temps à autre, il la dégageait de la mienne, mais je la lui reprenais ; une fois, il me regarda étonné. « Je t'aime bien », lui dis-je, et puis j'eus honte. Il me venait une envie de pleurer ; alors je me pinçais au-dessus de la hanche, j'avais du mal à saisir la peau à travers tous mes jupons de laine, et l'effort me distrayait.

Nous prîmes le sentier de droite qui est plus court et qui ne traverse pas le bois de pins. J'en fus soulagée : j'aurais eu peur de m'y retrouver.

*

*   *

A cause des travaux de la campagne, l'école se terminait déjà le 30 avril. Les enfants devaient aider leurs parents. Nous étions assez nombreux chez nous, aussi le fils de Bathilde, notre voisine défunte, me demanda pour lui faire son ménage. Ma mère accepta volontiers : je ne lui étais guère utile.

Je n'aimais pas beaucoup Herbert, mais il fallut me soumettre. C'était un jeune homme de vingt-trois ans, au caractère gai, à la parole facile. Cela se remarquait à la mobilité de ses mâchoires, à la souplesse de ses lèvres avançantes. Sans la voir, on devinait quels mouvements faisait sa langue lorsqu'il allait parler ; elle devait se creuser en son milieu et se rouler sur les bords, impatiente de lâcher les mots qu'elle avait peine à contenir. Quand il avait cessé de discourir, il en redressait le bout et le passait sur les dents de devant, comme pour chercher si un mot ne s'y était pas égaré.

Il continuait d'habiter l'appartement en face de notre maison, tandis que son père, après la mort de Bathilde, était allé vivre chez ses sœurs, deux vieilles filles.

Le matin, je lui balayais la chambre et lui préparais le dîner. Il me disait avant de partir :

— Tu mettras cuire les pommes de terre. Pour savoir si elles sont cuites, tu les piqueras avec une fourchette. Il faut que la fourchette entre toute seule.

A midi, il revenait, ou bien je lui apportais son repas au champ, dans une terrine entourée d'une écharpe de laine pour que les aliments ne se refroidissent pas. Je lui faisais des soupes à l'orge ou aux fèves, le vendredi, de la polente, mais je ne la réussissais pas aussi bien que ma mère ; je trouvais fatigant de tourner la cuillère dans la marmite durant toute la cuisson, et parfois la polente brûlait.

Herbert, seul avec moi, plaisantait rarement, mais lorsque des gens pouvaient l'entendre, il susurrait :

— Bonjour, ma fleurette.

Ou encore :

— Elle a pensé à moi, la Marcelinette de mon cœur.

Et tout le monde riait parce qu'il faisait semblant d'être amoureux de moi. Les jeunes filles du village me taquinaient :

— Tu es la petite femme d'Herbert, à présent ? Il te faut en prendre soin. Tu lui tiens bien le ménage ? Est-ce qu'il est content de toi ?

Elles n'y mettaient pas grande malice, et certainement elles étaient loin de se douter combien leurs paroles m'exaspéraient. Je ne voulais pas qu'on me marie à ce garçon, même pour rire.

Il me parlait de ma famille, inventait des compliments sur Emilienne, trouvait Sidonie un peu pointue, mais intelligente. Un jour, il me parla de Théoda :

— Ton frère a épousé une belle femme. Comment l'a-t-il connue ?

— Je ne sais pas.

— Ses parents de là-haut viennent-ils quelquefois la voir ?

— Non.

Sa curiosité avait peine à se satisfaire de mes réponses. C'est vrai, je ne savais presque rien. Tout son corps remuait sur sa chaise et il me regardait jusqu'au fond des yeux. Mon visage devait témoigner alors d'une certaine gêne, car il me tourmentait toujours davantage avec ses questions.

Il me disait :

— Allons, ne fais pas la timide.

Heureusement les dimanches existaient. Personne n'aurait pu nous les prendre. Ces jours-là, je vivais de la même façon qu'autrefois. L'été venait. A Terroua, on avait encore de la fraîcheur, mais de la plaine montaient des bouffées d'air brûlant et des odeurs de soufre.

Le dimanche matin, avant la sonnerie des cloches annonçant la grand-messe, on entendait les mulets s'appeler d'étable en étable. Ces braiements de joie et d'impatience n'étaient plus à la mesure du village. Il en était soulevé, secoué. On imaginait des mulets deux fois plus grands que les maisons, avec des crinières de flammes.

Chaque propriétaire détachait le sien et le laissait aller dans la rue où il retrouvait ses frères. Deux gardiens commençaient à les rassembler du côté est de Terroua, nommé le Bord. Le troupeau grossissait. Ils étaient une quinzaine. Libérés de toute entrave, des licols, des œillères, des grelots, ils offraient leurs poils au vent et se refaisaient un pelage. On en voyait des noirs aux jambes minces, des bruns hirsutes, des beiges zébrés ; le nôtre était roux avec une longue raie sombre le long de l'échine et des frisures sur les côtes.

Une vague terreur parcourait le village ; on se garait, on leur abandonnait tout l'espace. « Attention aux connaisseurs ! » (Ce sont ceux qui donnent des coups de pied lorsqu'on passe derrière eux, trop près, ceux qui mordent et ne se laissent mater par personne, sauf par leur maître.)

Ils montaient un chemin raide au-dessus de Terroua, une piste plutôt, traversaient une forêt de sapins et ils arrivaient sur un large plateau, troué de deux petits lacs autour desquels poussait un herbage acide qu'ils broutaient jusqu'au soir. C'était leur dimanche.

Ils nous revenaient avec des mouvements agrandis et fiers, une violence mal contenue dans leurs corps. Je me souviens d'une fin d'après-midi de juillet où nous les entendîmes dévaler la pente en martelant le sol, dans une auréole de poussière. Ils étaient hors d'eux : les chevaux de l'Apocalypse.

— Prenez garde !

Nous courûmes nous réfugier dans les maisons et sur les plus hautes marches. N'importe qui, attardé dans la rue, eût été piétiné. Je songeai à notre petit frère. Emilienne avait eu le temps de le prendre dans ses bras et de dire aux autres : « Venez ! venez ! »

Les femmes s'étaient signées ; les hommes ne desserrèrent pas les dents jusqu'au soir.

*

*　　　*

Le dimanche, pendant que les anciens, c'est-à-dire les vieux, restaient assis sur des bancs devant les portes, les poings au soleil, les hommes causaient entre eux. Ils étaient debout ; certains, le corps un peu plié, un pied posé sur un tronc, le coude sur le genou. Quand je les voyais ainsi se consulter, opiner de la tête, se taire en ayant l'air d'en savoir long, je me figurais toujours que des événements graves se passaient.

Nous nous promenions autour du village, les garçons ensemble, les filles ensemble. On n'allait pas très loin, en avançant avec lenteur, comme des gens qui ne veulent pas se fatiguer. On marchait assez pendant la semaine ! Moi j'étais avec Romaine et Céleste, mon amie. Nous nous donnions la main et nous écoutions, d'une oreille, bruire le lacet de nos tabliers. Ils étaient chauds les habits que nous tissait grand'mère ! et nos cous s'étranglaient dans nos cols droits ; c'est peut-être pour cette raison que nos aînées cousaient aux leurs une petite ruche de tulle.

On rencontrait des couples d'amoureux.

— Tu vois, ils se fréquentent.

Et nous les regardions par derrière en nous moquant.

On croisait aussi Barnabé et sa femme. En grand travailleur, toujours le premier levé, habitué à manier la pioche, le sécateur, la hache, ou l'alêne, – car il faisait aussi le métier de cordonnier, – il était obligé, le dimanche, d'économiser ses mouvements et ça le gênait. Il gardait les bras ballants, un peu écartés de son torse et il levait trop le genou en marchant. Non, son corps ne saurait jamais s'adapter au repos dominical, ni son âme aux circonstances insolites.

La semaine, il portait des vestes en peau de vache et le relent aigre du cuir persistait sur lui, malgré son complet de drap noir et sa chemise blanche.

— Pourquoi mets-tu toujours ces saletés ? disait Théoda.

Mais il y tenait.

Quand on en avait assez d'être dehors, on se réfugiait chez tante Agathe ou chez grand-maman. Il m'arrivait parfois de me rendre chez Barnabé.

La chambre, maintenant qu'elle était à moitié remplie par le grand lit, paraissait petite. Je trouvais mon frère assis devant la table et lisant le journal, pendant que Théoda allait et venait de la pièce à la cuisine, les mains vides toujours.

Plusieurs choses m'attiraient chez eux. D'abord c'était différent des intérieurs que je connaissais, et malgré son odeur de cuir qui me répugnait aussi, j'aimais mon frère Barnabé. Et Théoda, bien qu'elle semblât souvent ne pas nous voir, était aimable avec ses belles-sœurs. Peut-être y avait-il surtout autre chose, peut-être désirais-je calmer, en venant chez eux, une angoisse enfouie au fond de mon cœur à laquelle j'évitais d'instinct de songer.

Il y avait encore l'album de Théoda, un grand album cartonné, aux pages verdâtres alourdies de cartes postales. Elles étaient d'une beauté et d'une richesse sans limites et je ne me lassais pas de les contempler. On y voyait des enfants revêtus de fourrure, évoluant sur une glace unie, avec des patins aux bouts recourbés ; des traîneaux pleins de fleurs glissant sur une neige qui vous râpait la peau quand on l'effleurait du doigt ; des fers à cheval extrêmement dorés, qu'entouraient des trèfles à quatre ; deux mains s'enlaçant, celle de la dame sortant d'un flot de dentelles festonnées et celle du monsieur aussi, c'est pourquoi ce n'était guère facile de savoir... En dessous, on pouvait lire : « Je t'appartiens. » Il y en avait une tout à fait surprenante : il suffisait de soulever un petit morceau de papier pour qu'une suite d'images superposées se déplient et apparaissent en enfilade. C'était une tonnelle d'images.

— Quelle chance vous avez ! murmurais-je à Théoda.

Un jour elle me répondit :

— C'est Barnabé qui me les envoyait... Lorsque tu auras un galant, tu en recevra aussi.

Je n'aurais jamais pensé que Barnabé s'intéressait à de si jolies choses. Où les achetait-il ? Sûrement à la capitale, en revenant de la foire.

Après s'être promenée de long en large dans la chambre, Théoda mettait un genou sur le banc devant la rangée des fenêtres, s'accoudait à l'une d'elles et ne disait plus un mot. L'album contre moi, j'étais assise à ses côtés, le dos tourné à la rue. Un après-midi – il devait être cinq heures – j'avais une main posée sur une page et de l'autre je touchais le bas de sa jupe, lorsque, effrayée soudain, je saisis un pan de l'étoffe, pour retenir Théoda. Que se passait-il ? J'avais eu l'impression qu'elle tombait par la fenêtre. Elle n'avait pas bougé, mais en la regardant, je sentis que je ne me trompais pas. Théoda n'était plus avec nous son âme venait de choir dans la rue.

Je tournai la tête et regardai. Rémi était en bas, le regard levé vers elle. Il m'aperçut et poursuivit son chemin comme s'il ne s'était pas arrêté.

Alors je compris ce que je ne pouvais pas comprendre, ce que je ne voulais pas comprendre :

Ils étaient ensemble.

VI

LES SEMAILLES

Ils étaient ensemble contre nous et contre Barnabé surtout, contre moi aussi, contre tous ceux du village.

Je le savais depuis le jour où je les avais vus dans la forêt aux hépatiques. Je le savais, mais je n'y avais pas réfléchi. Le domaine où j'avais pénétré un instant, malgré moi, m'était interdit, ne me regardait pas ; c'était le domaine des hommes – et j'avais à peine dix ans ! « Ils faisaient le Mal... » Je n'ignorais pas que penser au péché est déjà un péché. J'avais enregistré le fait comme inquiétant, mais accidentel, et mon imagination refusait de s'y habituer.

Je détenais un secret. Pour la première fois, j'en devinais la portée. Mon âme ne serait plus jamais en moi comme elle l'était si bien avant, à sa place juste. Ils l'avaient arrachée de mon corps et je ne pourrais plus la reprendre ! Une grande tristesse : je n'étais plus à moi, je ne m'appartenais plus.

Je ressentais toutes ces choses et même de la colère, sans éprouver de dégoût en songeant à Rémi et Théoda. C'eût été pourtant naturel. Les enfants ont parfois de l'aversion pour les amoureux ; les animaux aussi. Mais peut-être y a-t-il dans la passion absolue, quelle qu'elle soit, une gravité, une grandeur qui en exclut toute complaisance et porte les êtres à un degré si aigu, qu'ils en sont purifiés. Et les gémissements entendus dans la forêt ne m'avaient-ils pas appris que l'amour et le plaisir sont proches de la douleur ?

*

*   *

Là-dessus, l'automne arriva et fit descendre en nous-mêmes une paix très douce. Tout était clair et net, plus rien ne bougeait. Pourquoi se tourmenter ? Mon âme, comme une petite bête inconsciente, s'endormait à nouveau dans mon giron.

J'avais cessé d'être la servante d'Herbert. Il était parti à la ville où il avait trouvé du travail. Je ne le regrettais pas.

Les semailles du seigle avaient lieu après la Saint-Maurice, c'est-à-dire à la fin de septembre. C'était une grande fête pour nous, presque aussi grande que les fêtes religieuses dont je ne puis me souvenir sans frissonner encore d'attente et de joie.

Ce matin-là, nous nous levions à quatre heures et demie. Dans nos oreilles bourdonnaient des voix, les voix de la nuit, du sommeil et des rêves qui refusaient de se laisser étouffer si vite. Il faisait froid et sombre. Mais tout de suite, la fête commençait.

Le fromage qu'on était allé, la veille, chercher à la cave, éclairait la cuisine, appuyé contre le mur, rond comme une lune pleine. Avant de le choisir, mon père l'avait tâté et soupesé, car il doit être gras pour bien fondre. On le coupait en deux, puis on le présentait au feu de l'âtre. Dès qu'il le voyait s'amollir et se gonfler, celui qui en avait la garde le saisissait. J'admirais toujours la façon dont les hommes s'emparaient du fromage ; ils avaient, pour le manier, des gestes rapides et sûrs, de la délicatesse. Son dos rond trouvait sa place dans leur paume gauche bien ouverte, ils l'appuyaient contre leur poitrine ; à l'aide d'un grand couteau, ils raclaient la surface rôtie et la faisaient tomber sur nos assiettes tendues. Chacun son tour. On l'avalait brûlante, avec du pain ou des pommes de terre. J'aimais, plus encore que le reste, les religieuses, ces petites croûtes croquantes des bords, que les flammes avaient durcies et dorées. Certains les méprisaient et me donnaient les leurs. Ainsi je n'avais pas besoin d'attendre, j'avais toujours quelque chose à manger.

Ensuite, on sortait de la maison. On marchait dans un demi-jour sale, mais nos corps étaient chauds et heureux.

Pour tirer la charrue, un mulet seul n'aurait pas suffi. Il en fallait deux. C'est pourquoi, au nôtre, se joignait toujours « le camarade », mulet d'un ami ou d'un voisin. Quand celui-ci semait à son tour, notre mulet mené par un de mes frères allait accompagner le sien. Sans cette entraide coutumière au village, on ne serait pas venu à bout des grands travaux.

Cette année-là, ce fut Rémi Carroz qui vint. Il avait un mulet noir, un « connaisseur », aussi demeura-t-il jusqu'au soir près de lui pour le conduire.

Les semailles furent faites par un jour de brouillard qui nous isolait du reste du monde. Il nous semblait, en avançant sur les champs nus, que nous étions les seuls sur la terre ; elle avait un air neuf, un air des premiers jours. Quand le brouillard se déchirait, on apercevait par ses trous des morceaux de paysages : un fond de vallée avec le fleuve, un plateau avec son village, des sommets de montagnes qui n'avaient plus d'attaches avec la terre, des sommets qui étaient des îles entourées de vagues immatérielles et mouvantes.

Mes frères maintenaient à tour de rôle la charrue. Mon père jetait le grain. Il marchait lentement, le pied lourd, un peu penché en avant, et son geste régulier lui conférait un grand mystère. Son visage, grave d'attention contenue, avait cette expression têtue et sourde des gens qui savent qu'ils font une chose nécessaire et bonne. Ses fils le suivaient, écrasaient les mottes, et nous, les enfants, courions autour d'eux.

Je me demande d'où venait ce bonheur d'un caractère presque sacré qui ne nous quittait pas jusqu'à la nuit. Peut-être y avait-il en nous un minuscule reflet de la joie de Dieu lorsqu'il créa le monde, à la vue de ce remuage violent de terre qui exhalait de vieilles odeurs d'été pas encore mortes et déjà de futurs parfums de printemps, cette terre crayeuse, un peu tròp grise, qui se desséchait, se craquelait vite.

Les petites lances du chaume disparurent dans les sillons, cassées, racines en l'air. L'année d'avant c'était de l'orge, cette fois ce serait du seigle, dans trois ans on y mettrait des pommes de terre, et ainsi de suite pour éviter d'appauvrir le sol. Les champs s'étendaient tout en longueur, en dessous de Terroua, étagés, séparés les uns des autres par un talus. Ils étaient étroits, quelques mètres, et légèrement penchés du côté de la plaine ; il y avait ceux du Couchant et ceux du Levant. On y trouvait, en automne, une fleur d'un bleu intense dont je n'ai jamais su le nom ; comme elle avait un faux air de mauvaise herbe, nous ne daignâmes jamais en faire un bouquet.

Pendant qu'on passait la herse, mon père se reposait. Nous aimions prendre dans nos mains, un court instant, une poignée de grains pour écouter le bruit sec qu'ils font lorsqu'on les resserre dans la paume. Nous aurions bien voulu, nous aussi, imiter le geste du semeur. Cela ne nous était pas permis : le grain est chose trop précieuse pour qu'on le confie aux enfants. Mais le vent et le hasard ensemençaient pour nous. Chaque année, j'eus mon champ de blé ; il était si petit que personne ne le vit jamais. Il se trouvait à la porte d'un raccard, sur la poutre extérieure. Un peu de poussière suffisait à son existence, et les grains tombés là, en août, lors de la rentrée des moissons, germaient, levaient. Je venais souvent le voir, toucher du doigt les jeunes pousses bleutées, très douces et pourtant fermes, légèrement plus sombres vers le haut et arrondies dans le bout. Mais le premier gros soulier passant par là les écrasait.

A neuf heures et demie, notre mère nous apportait une soupe de viande salée que nous mangions sur un revers du champ. Puis le travail reprenait.

« Hé ! » criait Rémi quand il arrivait à la limite. Martin et Pierre soulevaient la charrue ou la herse et l'attelage tournait. Barnabé aussi était là. Il nous aidait ; pour sa peine il aurait droit à une certaine quantité de blé. Lui-même ne possédait que deux champs ou trois qu'il avait loués, mais il gagnait quelque monnaie en fabriquant et radoubant les souliers du village.

Je jetais parfois un coup d'œil sur Rémi. Son rôle de conducteur le séparait des autres, il ne leur adressait pas la parole. Il nous tournait le dos. Devant lui se déployaient les champs libres. « C'est l'ennemi », pensais-je, « notre ennemi. » Une nuée nous enveloppa tous et je le perdis de vue. Les mulets, la charrue, les hommes qui les entouraient n'eurent plus aucune consistance. On eût dit que nous étions des âmes, avec seulement une apparence humaine, aussi impondérable et fragile que la fumée, et le monde dans lequel nous nous mouvions n'était plus la terre, ni le ciel, ni le purgatoire, mais les limbes.

Un courant d'air chassa le brouillard et le paysage redevint brutalement réel, net, reconnaissable ; nous fûmes de nouveau sur la terre ferme, la terre de Terroua.

J'étais tout près de Rémi. Je ne le regardais pas, je le devinais présent, une présence qui comptait. On aurait beau faire, il serait impossible de l'oublier. Mais il ne prêtait attention à personne, et je crois que s'il avait été seul dans le champ, il n'eût pas été différent.

Maintenant que je pense à Rémi, que je le vois avec les yeux de l'enfance et mes yeux d'aujourd'hui, simultanément, je constate malgré ce que j'en raconte que je ne sais rien de lui : je n'ai presque jamais senti son âme. Elle est pourtant visible et palpable, cette âme, chez bien d'autres ; même celle de Théoda, je venais quelque temps auparavant d'en percevoir la pesanteur. Chez Carroz, le corps la cachait, son corps était une forteresse, et c'était le poids de son corps que l'on sentait. Son âme – il en avait bien une ! – Rémi devait la tenir à l'écart, la séquestrer.

Il semblait toujours un peu engourdi ; ses gestes étaient ceux d'un somnambule. Il marchait comme s'il avait dû peiner pour déplacer l'air. Cela venait de sa force. Et de maintenir ainsi en soi tant de force le faisait paraître beaucoup plus grand et large qu'il n'était en réalité. Il y avait lutte. Une lutte si tendue qu'elle se résorbait en lui au lieu d'éclater. C'est pourquoi il donnait aux autres l'impression d'être malheureux. Cette souffrance, quand j'y songe, je me demande si elle existait véritablement. Je ne le crois pas. Néanmoins, c'est ce qui frappait le plus en lui. On ne ressentait devant elle aucune pitié, mais elle vous saisissait, vous prenait à la gorge. Et je me souviens d'être restée devant Rémi, immobile, pétrifiée, à le regarder. Comme un soir de la Fête-Dieu, quelques années plus tard, durant un instant, le seul où j'ai cru toucher son âme.

Tout cela devait être loin de lui, en dehors de lui, – ou si profondément enfoui que le résultat était pareil ! Mais ce sont souvent les choses dont les gens ont le moins conscience qui deviennent le plus visibles aux autres.

Et malgré cette souffrance – ou parallèlement à cette souffrance – on éprouvait auprès de cet homme un sentiment d'harmonie très douce. Il avait posé durant quelques secondes sa main sur mon épaule, une main large et pourtant légère qui ne cherchait pas à prendre possession comme les mains des faibles. J'en fus très émue. Je me rends compte aujourd'hui combien devait être précieuse, puis nécessaire à Théoda, cette douceur qu'il dispensait malgré lui. Car de quoi avons-nous le plus besoin, nous qui ne sommes qu'inquiétude, sinon de paix ? Mais pour quelles raisons nous est-elle parfois donnée par des êtres si proches de l'enfer ?

VII

LE SOIR DES SEMAILLES

Le jour des semailles, je ne me formulai guère ces choses, bien que j'en eusse recueilli inconsciemment les premiers signes qui s'imprimèrent en moi d'une façon indélébile.

On sentait un peu de fatigue maintenant, dans les allées et venues de l'attelage. L'humidité et la sueur faisaient friser le poil des mulets. Et le froid de septembre tombait sur nous, ce froid que le corps accueille avec délice parce qu'il se souvient encore des journées trop chaudes d'août.

Presque tous nos champs étaient semés. Pour aller de l'un à l'autre, il avait fallu parfois marcher une demi-heure. Quand les chemins n'existaient pas, on traversait les champs des voisins où le soc n'avait pas encore passé.

Dans l'après-midi, Marcien Ravailler nous avait rejoints pour nous aider. Le soir, nous rentrâmes tous ensemble à la maison. La fête n'était pas finie. Ma mère et mes sœurs nous reçurent avec des rires et des plaisanteries auxquelles nous ne savions plus répondre. Nos cheveux étaient mouillés, nos mains insensibles ;

dans la chambre chaude, nos gestes apportèrent un air étranger et froid dont nous commencions à avoir la nostalgie. Et cette seconde raclette que nous avions tant désirée, voilà qu'elle ne nous tentait plus.

Au bout d'un moment, la chaleur et la faim revenaient.

« A moi ! » criaient les convives, quand c'était leur tour, en tendant leur assiette vers l'homme dont la figure rougissait d'être près du feu.

Avec le fromage, on buvait du vin blanc. On nous en versait un peu, à nous aussi. Nos parents ne craignaient pas de nous donner du vin de temps à autre ; ce qu'ils craignaient pour nous c'était l'eau. « Elle peut faire mourir. » Ils n'avaient pas tort. On connaissait des cas de pneumonie dus à l'eau et l'on savait que, prise avec la raclette, elle provoquait des boules dans l'estomac. Quelques années auparavant, un petit garçon était tombé mort, après avoir bu à la fontaine, un jour qu'il s'était échauffé.

— Raconte, Rémi, raconte ce qui t'est arrivé le jour où tu as bu l'eau de la Gorguira ? disait Marcien.

Mais Carroz ne voulait rien raconter.

— Il a peut-être été ensorcelé ! lança Sidonie de la voix forte qui lui était habituelle.

— Oh ! il en a bien l'air... fit Ravailler, narquois.

Et il ajouta :

— En tous cas, tu as eu la fièvre.

— De qui la cause, de qui, hein ? De Jules ! marmonna Pierre.

Jules, c'était le gendarme de la région. Les hommes firent la grimace. Je revoyais la Gorguira dont l'eau est amère car elle vient des glaces et je regardais l'homme à qui elle avait failli donner la mort.

Non, il n'était pas beau, Rémi, tellement osseux, des os trop gros, comme si son squelette n'eût pas été à sa mesure. De plus, il était fier. Et c'est un défaut. Il ne tenait pas compte de votre présence. Remarquait-il même celle de Théoda ? Elle était du côté des femmes, près du poêle, et laissait toujours ma mère ou mes sœurs se lever pour apporter quelque chose ou débarrasser la table. Elle avait ramené ses deux mains sous son tablier et demeurait silencieuse. Ses yeux semblaient ne rien voir.

A un certain moment, ceux de Rémi et les siens se rencontrèrent, s'immobilisèrent ; de nouveau je sentis qu'ils étaient ensemble. Puis ma mère, de la cuisine, appela Théoda et tout redevint comme avant.

— Hé ! Carroz, dis-nous ce que vous avez fait ce jour-là ? demanda Martin.

— Tu le sais mieux que moi, répondit Rémi.

Il eut l'air de regretter d'avoir parlé ainsi et il dit :

— Moi, ce que je préfère, c'est la marmotte. L'an passé, j'en ai tué quinze. La viande est bonne.

— Une marmotte, c'est pareil à une motte et ça vit sous les mottes ! récita Marcien d'une voix de fausset.

Tout le monde éclata de rire. Devant nos yeux, défilèrent les mottes innombrables que la charrue avait soulevées durant le jour.

— Quand on est à les veiller, derrière un tas de cailloux, continua Rémi, et qu'elles ne vous sentent pas.

Oh ! alors... Elles ont des manières... Elles savent se gouverner.

Il riait. Quand il riait, sa mâchoire inférieure s'avançait, prenait une importance qu'elle n'avait pas d'habitude, et le sillon vertical qui séparait en deux son menton se remarquait davantage. On devinait alors que la bonté toute physique qui émanait de lui était susceptible de se métamorphoser brusquement en cruauté.

Il avait une voix un peu rauque, mais très nette, et les phrases aussi, qu'il prononçait toujours avec lenteur, étaient nettes. Cette voix, on l'entendait avant de la comprendre parce qu'elle vous marquait le corps avant l'esprit. Quand cette voix appelait, qui donc aurait pu résister ? Appela-t-elle jamais ? J'en doute à présent. Rémi ne demandait rien aux autres. Il ne s'avançait pas vers les gens comme la plupart d'entre nous. Il ne daignait pas bouger. Un seigneur.

Probablement aussi que les autres ne l'intéressaient pas. Sa discrétion était faite peut-être d'une grande indifférence pour tout ce qui n'était pas lui et Théoda.

Marcien Ravailler racontait à sa place. Le sommeil qui commençait à m'envahir m'empêcha de bien écouter le début de son récit. Les mots venaient avec leur contour seulement, vides au milieu, mais un nom m'arriva entier et la suite eut un sens :

— ... Carroz, lui, il est tombé droit à côté, il a laissé la bouche ouverte, le torrent coulait dedans.

— Pouah ! fit Martin.

— J'avais soif, dit Rémi.

Emilienne avait fait rouler des noix dans la braise. Les femmes allèrent les retirer pour en mettre deux ou trois dans leurs verres de rouge, avec du sucre. La coquille rôtie chauffait le vin et lui donnait un petit goût de grillé. Elles attribuaient à cette boisson toute espèce de vertus et l'aimaient beaucoup. Quand elles l'avaient bue, elles attrapaient avec les doigts les noix mouillées et les suçaient, puis elles les cassaient dans leurs paumes.

— Je sais quelque chose que vous ne savez pas encore, vous ! s'écria soudain mon frère Pierre.

— Non, moi je veux connaître la fin de l'histoire de Marcien, supplia Romaine.

— On la connaît assez, répliqua Sidonie.

— De qui tu la tiens, cette chose ? demanda ma mère, méfiante.

— D'Herbert que j'ai vu dimanche. Ils en ont tous parlé à la capitale.

On se sentait intéressé.

— Il y en a qui sont allés à Paris... commença- t-il, et ils ont emmené avec eux des chèvres, des vraies chèvres, mais qui avaient vécu sauvages et qui étaient très grandes avec des cornes épaisses. Là-bas, ils ont dit que c'étaient des bouquetins du Saint-Bernard.

— Et les autres ont cru ?

— S'ils ont cru ! Des savants sont venus les regarder. Un expert disait : « C'est des bouquetins. » Un deuxième : « C'est des bézobards. » Pas un n'a vu que c'étaient des chèvres.

— Pas possible ! fit mon père.

— Oh ! quelle malice... conclut ma mère.

— Oh ! Jésus, Marie ! et Marcien se tordit sur son siège.

— Pour se vanter, ils sont toujours bons, rétorqua Sidonie. Mais pour dire qu'ils ont manqué le chemin de fer, qu'ils se sont trompés de gare, qu'ils se sont fait dévaliser, ça ils ne le disent pas !

— Oh ! pour sûr.

— Et qu'est-ce que tu en sais, toi ! Tu ferais mieux de te taire ! lui cria Martin.

— Celle-là, toujours à se croire plus maligne que les autres... ajouta Pierre.

Ils avaient un peu bu, les hommes, et la fatigue jointe à une légère ivresse les détachaient de plus en plus de nous, les femmes et les filles, qui demeurions incapables de nous défaire de notre sagesse.

Rémi paraissait las, ou plutôt il était très loin de nous, dans un monde où nous ne pouvions le suivre, et je le considérais avec inquiétude. Pour la première fois, je compris que son étrangeté résidait dans son regard. Depuis, j'ai cherché en vain un regard qui lui ressemblât. Peut-être n'en existe-t-il pas sur la terre.

Deux trous noirs. L'iris prenait presque toute la grandeur de l'œil, on n'en voyait pas le blanc. Un regard indéterminé, sans limite – ce qui en excluait la dureté – aussi pur que la nuit peut l'être. Et c'est grave cela.

Rémi n'entrait dans les yeux de personne. (Ce n'était pas comme Herbert !) Et quand il avait les yeux sur Théoda, il ne s'appesantissait pas sur elle, il ne l'encerclait pas, ainsi que font les autres hommes qui ont toujours peur qu'on leur échappe. Il la contemplait, non point comme si elle se fût tenue à une certaine distance de lui, mais dans ses yeux mêmes. Son regard devenait Théoda.

— Moi, je veux savoir la fin de l'histoire Marcien, réclama encore Romaine, têtue.

— Tu l'auras, ma drôlette, tu l'auras ! assurait celui-ci, flatté.

Il ne retenait rien, il distribuait à tort et à travers le peu qu'il possédait. Il allait reprendre son récit, quand j'entendis l'autre voix, rauque et nette, dire :

— J'avais caché le lièvre sous ma chemise, il était chaud. C'était un blanc...

Rémi éleva son verre à la hauteur de sa bouche, cette bouche que son visage portait comme une blessure et dont il refermait et serrait les lèvres minces après chaque gorgée, – pour l'empêcher de saigner, semblait-il.

Théoda était assise en face de lui ; elle aussi regardait sa bouche. Je croyais qu'elle regardait les mots qui s'y formaient ; aujourd'hui, je pense qu'elle ne les écoutait pas. Pourquoi les écouter ? Elle savait depuis toujours ce que Rémi avait éprouvé, ce qu'il dirait. De lui, elle n'ignorait rien. Mais aurait-elle assez de temps jusqu'à la mort pour le contempler ?

Soudain il me remarqua et, pour la première fois depuis des années, il m'adressa la parole :

— Toi, tu ne peux pas comprendre.

Puis il se tourna vers Théoda, et la tutoyant comme on le fait vite dans un village, il lui dit :

— Mais toi, tu comprends.

Elle n'eut pas un geste, pas un sourire. Je crus qu'elle n'avait pas entendu.

Il se leva. Il voulait s'en aller. C'était l'heure. Tout le monde se mit en branle. Théoda se tenait droite et immobile, parmi les autres qui se souhaitaient le bonsoir. Je la vois. C'est peut-être aujourd'hui seulement que je la vois.

Rémi étendit la main vers sa poitrine. Personne ne s'en aperçut, sauf moi. L'air autour du sein de Théoda était solide, impénétrable ; le bras de l'homme s'arrêta, puis il le laissa retomber.

Elle n'avait pas bronché. Elle ne bougea pas, un instant encore. La tête haute, elle gardait précieusement autour de son corps l'air que Rémi venait de violer.

Et moi, je ressentais en mon cœur une grande haine parce qu'il m'avait dit *que je ne pouvais pas comprendre.*

VIII

L'ÉTERNITÉ

Quand on avait cueilli les poires de Terroua, on les faisait sécher dans le four banal et ensuite à l'air. Comme elles mûrissaient à haute altitude, elles étaient petites et manquaient de finesse, mais elles avaient un goût acide et joyeux qui nous plaisait. On les appelait des abériettes.

C'est à quoi l'on s'occupait un matin d'octobre, lorsque le vieux Victorien, le veuf de Bathilde, apparut à la porte du four.

— Je descends à la ville, dit-il. Si vous avez peut-être une commission ?...

Mon père ne l'avait pas encore vu ; il était entré à moitié dans la bouche du four pour y étaler les poires en prenant soin qu'elles ne se touchent pas. Chaque fois qu'il pénétrait ainsi dans l'antre du feu, j'éprouvais une grande angoisse, j'avais peur qu'il brûlât ; pourtant les braises ne dégageaient plus une très forte chaleur, ayant déjà bruni plusieurs fournées de pain de seigle.

— Père ! lui criai-je, c'est Victorien. Alors, il montra sa figure rouge et ses yeux injectés.

— Qu'est-ce qu'il y a ?

— Il descend.

Le vieux entra, suivi de ma mère. Le local était suffisamment grand pour contenir quatre ou cinq personnes, et dès qu'on s'y trouvait, il ne paraissait plus du tout sombre. Au-dessus des pétrins, contre les murs, s'étageaient des planches. Toutes les familles du village avaient le droit d'y faire leur pain et d'y sécher leurs fruits.

— Bathilde est revenue, nous dit Victorien.

Il dut le répéter deux fois. Nous ne l'avions pas compris.

— Je l'ai entendue toute la nuit. Elle marchait dans la chambre... Elle tailladait des étoffes. Je ne la voyais pas, mais je l'entendais faire aller les ciseaux...

A la façon appliquée dont il prononçait les mots, on sentait la tendresse qu'il avait pour elle.

— ... Elle n'a pas cessé jusqu'au matin. Elle raccommodait des habits, elle faisait tinter les aiguilles, elle soupirait.

Il demeura silencieux, puis il ajouta :

— Je suis venu vous demander de prier pour elle puisqu'elle n'est pas encore en repos.

— Oui, on priera, répondit ma mère.

— Mais... a-t-elle parlé ? demanda-t-elle.

Après une hésitation, il avoua :

— Elle m'a dit qu'Herhert ne doit pas fréquenter la femme qu'il aime. Que c'est une mauvaise femme. Elle m'a bien recommandé d'aller tout de suite le trouver pour le lui dire.

— Oui... alors, va le raisonner !

Quand il eut disparu, ma mère murmura :

— Au moins, lui, il sait où le trouver, son fils.

Depuis sept mois, nous étions sans nouvelles de Léonard.

— Même après la mort, les enfants vous donnent du souci. On n'en est pas délivré. Dire que Bathilde se tourmente encore ! Mais elle, au moins, elle peut le diriger, elle peut savoir. Elle voit, tandis que nous...

Elle fixait les yeux très loin devant elle et dans la tristesse de son regard, on devinait, en effet, qu'elle ne voyait rien.

Mon père s'était à nouveau penché dans le four.

*

*　　　*

Ce fut à cette époque que le mot éternité me devint un tourment.

A l'école, certaines révélations que nous faisait M. le Curé nous rendaient sceptiques. Par exemple, nous étions persuadés que les étoiles étaient des feux qui s'allumaient le soir ; s'il nous apprenait qu'il s'agissait là de mondes pas très différents du nôtre, nous ne pouvions nous empêcher de sourire et de le prendre en pitié. Mais s'il nous entretenait de la vie éternelle, nous l'écoutions avec respect. Il nous décrivait le purgatoire où les âmes font pénitence avant de se présenter à Dieu, le ciel et l'enfer où le temps n'a pas de fin, comme des royaumes familiers. Il les évoquait devant nous à l'aide d'images précises et sa documentation suave ou cruelle ne laissait pas subsister de doute.

Le temps qui dure toujours !... J'essayais en vain de le comparer à des choses connues : à la route de la plaine bordée de peupliers que j'avais suivie une fois sans en voir le bout ; à l'eau du fleuve qui ne cessait jamais de couler. De me dire que ce n'était pas même là une bribe d'éternité, j'éprouvais une fatigue étrange, la fatigue d'être toujours, m'envahir, semblable à l'angoisse.

J'étais seule habituellement, dans les prés, à garder les vaches, dans la forêt, à ramasser le bois mort ou sur les chemins, quand ces idées me venaient à l'esprit. Mes sœurs, mes amies et mes frères pensaient peut-être de même ; aucun de nous n'en parlait. D'instinct, nous savions qu'on est seul en face des mystères et que la vie d'ici-bas, autant que l'autre, en est pleine. Et comme je n'arrivais pas à les comprendre, je les écartais. Ils ne me laissaient pas tranquille longtemps.

Je songeais aussi à Rémi et Théoda.

Le jour où l'idée me vint d'avertir ma mère ou Barnabé à leur sujet, un grand trouble s'empara de moi. Tout mon être criait : « Non ! Non ! » mais une petite voix maligne susurrait ; « Tu t'es trouvée sur leur route, pourquoi ? Il y a là une raison. Tu dois mettre tout en œuvre pour empêcher ce malheur. »

Je me cabrais. Je devinais que c'était un événement auquel la mentalité de ma mère ne pourrait s'adapter. Moi qui la croyais si puissante, je sentais bien qu'elle serait désarmée devant lui. Pourtant, ne faisait-elle pas son possible pour nous protéger tous, nous défendre du froid, de la faim, de la médisance, des maladies, et même des mauvais esprits ? Contre ces derniers, elle usait, à côté de l'eau bénite et des prières, de remèdes à elle. Lors d'une inflammation des seins de ma petite sœur Marthe, elle avait entouré son berceau d'outils tranchants serpettes, couteaux, faucilles, pour arrêter les esprits follets, car c'étaient eux, affirmait-elle, qui venaient sucer l'enfant, la nuit. Mais elle avait beau édifier un mur de lames et de litanies autour de sa famille, l'esprit du mal y avait pénétré.

Et comment le dire ? Les mots n'existaient pas. On ne saurait m'interpréter. On m'accuserait d'être une fille perverse. Je prévoyais aussi que cet aveu déclencherait un monde de forces redoutables...

J'avais perdu ma joie. Quand je rencontrais Marguerite, la femme de Rémi, je n'osais la regarder en face. A l'école, je retenais mal les leçons, mes dictées étaient pleines de fautes. A la maison, je ne parlais plus, mais il n'y avait personne pour le remarquer... Au contact des choses usuelles, je prenais conscience de mon ignorance. Hélas, je savais ce que j'aurais dû ignorer, ce qu'il était cruel de savoir : je savais que Rémi et Théoda commettaient le péché d'adultère.

Je biaisais : « Cela ne te regarde pas. Ce n'est pas à toi de le dire. Tu n'es peut-être pas la seule à savoir. » Et puis au moment où je ne voulais plus y songer, où je croyais avoir oublié, je formais une grande résolution : « J'irai chez Barnabé et je lui dirai : J'ai vu ta femme et Rémi ensemble. Rien que cela. » D'avance, je refusais d'en voir les conséquences... Je ne pensais plus qu'à moi. Je voulais vivre débarrassée de ce secret, aussi lourd à porter qu'un péché mortel.

Un obstacle inattendu se mit en travers. Je ne résistai pas, je l'accueillis comme une délivrance : la maladie.

Elle vint me prendre à la fin d'octobre, les jours où nous mettions à rouir le chanvre dans le petit étang de Ziouc. Je ne me souviens pas d'avoir bu de son eau, mais chacun fut persuadé qu'elle m'avait donné la maladie. Peut-être l'avais-je trop regardée.

Quand nous rentrâmes à Terroua, le monde sous mes pieds se mouvait comme la mer et mes mains rencontrèrent des objets inconnus : une barrière dont le bois avait encore son écorce, un madrier dépassant les autres à l'angle d'une grange, un mur crépi à la chaux rose. Je m'en allais à la dérive, emportée par un remous. Et je n'étais pas seule, les choses autour de moi se désagrégèrent ; bientôt ce fut en vain que je posais les mains sur elles... Je m'accrochais encore à la jupe de ma mère, comme un mousse aux vergues d'un navire en naufrage, mais elle se secouait de moi et me parlait du temps qui manquait. Il me semblait à moi qu'il n'y avait plus de Temps.

Enfin mes membres me quittèrent. Je n'étais plus qu'une tête, une tête immense, pleine de heurts, de résonances, de vertiges. J'avais la fièvre typhoïde. De peur de la contagion, on m'avait exilée dans notre chambre de Ziouc, avec ma mère. Pendant trois semaines, je perdis la notion de ce qui m'entourait. Les ténèbres me recouvrirent et je me crus morte. Je flottais entre deux eaux, bercée par les vagues et la sensation brutale, puis apaisante, des linges froids que ma mère trempait dans une seille avant de les enrouler autour de mon corps.

Un jour, les ombres se dissipèrent. Tout s'était arrêté. Je savourais le plaisir de rester immobile, de me reposer enfin au centre du silence, quand mes oreilles perçurent un son de voix. D'abord, je ne saisis que le bruit des mots ; peu à peu leur signification m'apparut. Ils disaient :

— ... Peut-être que tu te trompes, (je reconnu la voix de tante Agathe) elle ne me fait pas mauvaise impression.

— Oh ! si, elle est très mal...

Il devait s'agir de moi. J'eus envie de crier : « Mais non, je suis bien aujourd'hui ! Vous ne voyez donc pas que je ne suis plus malade ! » Je me tins coite.

— Tu en as encore tant d'autres...

J'entendis un oui étouffé et je compris que ma mère sanglotait. Au lieu de m'attendrir, j'éprouvai de l'irritation contre elle. Je ne l'avais jamais vue ainsi. Elle qui s'était toujours montrée forte et impitoyable, je la découvrais soudain faible... Elle me décevait.

« Vous vous trompez ! Vous ne voyez donc pas que je suis guérie ! » aurais-je voulu leur faire comprendre. Je ressentais, ce jour-là, un bien-être inconnu. Mon corps et sa douleur étaient tombés de moi. Il y avait, à leur place, une sensation de légèreté, de fluidité qui me rendait lucide.

Quelqu'un s'approcha du lit. C'était tante Agathe. Je fis semblant de dormir.

— Regarde-la... dans ses bandelettes, elle comme un poupon Jésus... fit la voix du fond la chambre.

Elle n'avait plus le même son qu'autrefois. Je m'étonnais. Etait-ce bien ma mère ?

La voix poursuivait :

— ... Elle qui avait peur sur les chemins, je l'envoyais souvent seule jusqu'à Cherlogne...

C'est vrai. Tout le long du trajet, j'étais hantée par la crainte de rencontrer les gamins de ce village. Ils étaient méchants, cherchaient à vous faire pleurer en barrant le passage, et même vous lançaient des pierres. Ils disaient entre eux des mots bizarres et ricanaient. Mais j'étais bien loin d'eux, à présent !

— ... Ses pots de fleurs qu'elle avait suspendus sur la galerie... Sidonie a oublié de les arroser. Ils ont péri.

« Ça ne fait rien, répondais-je en moi-même, je me moque bien des fleurs, à présent. »

— Têtue, elle était. Mais sans plaintes. Une gentille petite... Regarde-la comme elle est maigre.

J'écoutais cette nouvelle mère que la maladie me donnait, cette mère que je ne connaissais pas. Mais peut-être avait-elle toujours existé et n'avais-je pas su la voir.

— Elle dort bien, en tous cas, dit ma tante.

— Viens boire ton café, il va se refroidir.

— Oh ! tu as fait trop de dérangement.

J'entendis un bruit de cuillère, et dans la chambre se répandit le contentement d'une personne buvant du café.

— Comment la trouves-tu, toi, cette Théoda ? demanda tante Agathe.

— On ne sait jamais ce qu’elle pense, répondit ma mère.

— Oh ! il y a des choses qu’elle ne fait pas que penser, qu’elle dit... Elle se plaint, il paraît.

— Ah ! elle se plaint. Et de quoi ?

— Que Barnabé n’a pas assez... Que chez elle, ils avaient douze grands fromages à la cave. Qu’ici, elle n’a pas trouvé ça.

— Elle n’avait qu’à ne pas venir, alors !

— C’est à la foire qu’ils se sont connus ?

— Oui.

—Tu as besoin de repos, dit tante Agathe en se levant pour partir. Tu t’es trop fatiguée tous ces temps. Je voudrais bien te remplacer, mais je ne peux pas.

Elle s’en alla en répétant :

— On trouvera bien quelqu’un.

IX

LES DEVINETTES

Pendant que ma fièvre tombait, je m'élevais, de plus en plus légère, dans la sphère de la convalescence. J'étais une âme entourée d'un peu de sueur. Mon corps reposait non loin de moi, si las que je ne le sentais plus.

— Je suis bien, tellement bien, disais-je à ma mère.

Un soir, je vis Théoda près de mon lit :

— C'est moi qui te veille maintenant.

Mes sœurs trop occupées à la maison n'avaient pu descendre ; la femme de Barnabé s'était offerte.

Sa douceur m'étonna. Elle avait pour me soigner des gestes ronds, ailés. Elle me préparait des tisanes moins amères que celles qu'on m'avait fait boire jusque-là. (Je devais prendre aussi beaucoup de lait. C'était le remède.) Le soir, elle me bordait en me parlant et je m'endormais vite. Le matin, elle me demandait mes rêves et je les lui racontais.

Une fois, j'avais rêvé que je me trouvais dans la rue de Terroua, en hiver. Le village rayonnait d'une lumière qui ne venait pas du ciel ni du soleil, mais de lui-même ; et dans cette blancheur qui vibrait comme une musique, les habitants étaient tous vêtus de noir et paraissaient très heureux. Je les voyais nettement, je les entendais causer, je me tenais parmi eux, mais je remarquais qu'ils ne prêtaient aucune attention à moi. J'aperçus notre cousin Eusèbe ; je m'avançai vers lui pour le saluer : il me dépassa sans me voir. Je me mis à parler à ma sœur Emilienne : pendant ce temps, elle écoutait quelqu'un d'autre. Désespérée, je m'adressai à ma mère, à Maur, à Marcien... tous semblaient sourds à ma voix et leurs yeux ne se fixaient jamais sur les miens. Je finis par comprendre : je ne pouvais communiquer avec personne parce que j'étais invisible.

— Tu sais rêver, toi, me disait Théoda, ce n'est peut-être pas utile pour les autres, mais à moi ça me plaît.

La journée, elle sortait de longs moments et revenait avec une odeur de neige. Elle inventait des jeux. Cela commençait par celui des devinettes que nous connaissions tous à Terroua.

— Trente-six petites dames blanches dans des fauteuils rouges ?

— C'est trop facile : les dents ! criais-je d'une voix forte, mon long repos me douant d'une vigueur illusoire.

— Celui qui ouvre les portes et ferme les fenêtres sans que personne ne le voie ?

— Le vent, laissais-je tomber, déçue.

Alors Théoda changeait de ton et le nouveau jeu était créé, semblable à l'autre en apparence :

— Toujours et partout ?

Je restais muette.

— Main sur moi ?

J'essayais : « Dieu... »

Sans m'écouter, elle poursuivait, rapide :

— Forêt à genoux ? Source qui donne soif ? Renard des enfers ?

J'étais débordée, j'étouffais. J'aurais peut-être pu répondre : « La forêt du Rabyre (dont les mystérieux mouvements du sol avaient fait se pencher les arbres) ». Puis : « le vin, la flamme... » mais je ne devinais pas.

Et les pauvres réponses que je trouvais, Théoda ne prenait pas la peine de me dire qu'elles étaient inexactes. Elle souriait d'un sourire qui ne s'adressait pas à moi et je me demande aujourd'hui si ces courtes images – pareilles aux invocations des litanies – ne signifiaient pas pour elle le seul être qui l'intéressât.

Et je suis sûre que jamais il ne les entendit, parce que c'était sa manière à elle de le chercher à travers l'absence. Théoda devant lui n'aurait pas eu besoin de parler : silencieuse, elle était plus qu'une voix.

Pendant que nous nous amusions ainsi – je le sus une semaine après – nous arriva la première lettre de Léonard.

Elle portait l'adresse de mon père. Il ne se trouvait pas à la maison quand le facteur vint, et ma mère l'ouvrit, – elle l'attendait depuis treize mois ! – Mon père en fut très fâché.

— On devrait leur couper les doigts, à ceux qui se permettent de telles choses ! lui dit-il durement.

Il lui gardait surtout rancune d'être allée en parler à une voisine. Mes frères et sœurs, surpris de le voir en cet état, lui si doux d'habitude, se turent. Le lendemain, nos parents leur firent part du contenu de la lettre. Ils causaient tous deux à voix basse et ne voyaient plus leurs enfants présents.

— Où est-il ? demanda Romaine.

Ma mère la regarda, voulut répondre, puis eut un geste d'impatience, car elle ne savait pas bien où c'était.

— Très loin, dans l'Afrique.

Ils n'en apprirent pas davantage ce jour-là.

Cette lettre, aujourd'hui que je l'ai dans la main et que je la contemple, m'émeut par sa fragilité, par son écriture fantomatique, et quand je la respire, je crois y surprendre une lointaine odeur marine. C'est une lettre qui fit naufrage. L'eau en a pâli l'encre et aminci le papier. On voit sur son enveloppe, en grosses lettres rouges : *Naufrage de la « Russie »*.

Oui, elles avaient de la peine à venir jusqu'à nous les lettres de Léonard... Quand le bateau ne coulait pas, il leur arrivait de se perdre, on se demande où. Leur écriture en est fine et penchée. Les noms de pays sont écrits le plus souvent avec une minuscule : chine, afrique, sénégal, tandis que les mots : Parents, Oasis, Chaloupe, Zouave, ont une majuscule. Il emploie aussi, à maintes reprises, l'expression « je vous dirai ». Ah ! oui, il éprouvait le besoin de dire, de nous dire.

Cette première lettre était datée de Hadjerat-El-m'Guil, 1er janvier...

Chers Parents

Voici une année déjà qui s'est écoulée sans recevoir de vos nouvelles ; la dernière fois que je vous ai écrit je me trouvais à

Tierret, mais de grands mouvements de troupes ont eu lieu depuis ce temps-là. On nous a fait savoir qu'une colonne Européenne avait été massacrée par plusieurs milliers d'arabes sur le côté des frontières marocaines, et on s'est porté à son secours. Une fois arrivés à destination, le cas n'était pas si grave, la colonne avait été attaquée mais les pertes de nos troupes étaient de peu. Les arabes, au contraire, avaient laissé sur le champ de bataille quelques centaines de cadavres. Après ça nous avons passé toute la saison d'été dans l'extrême sud en face de l'ennemi et nous avons été attaqués souvent.

Je vous dirai que la chaleur, la soif, la fatigue et les privations ont fait beaucoup plus de ravages dans les rangs que les balles de l'ennemi. J'avais été désigné pour faire partie de l'expédition de chine, mais au lieu de prendre des légionnaires, ils ont pris un bataillon de Zouaves. Comme ça je ne suis pas parti. A présent je me trouve dans un petit poste avancé dans le sud nouvellement conquis par les français, et dans cet endroit on ne voit que quelques tribus d'arabes qui sont campés dans les environs et habitent différentes Oasis du désert.

Des moments, je crois que je suis chez nous, parce que le paysage est tout blanc comme les chemins de Terroua. Le peu de végétation est couvert de poussière, mais l'herbe ici n'existe pas. Il y a aussi des soirs où je sens que je suis très loin, rien qu'en regardant le ciel.

Je vous dirai que bien des compatriotes s'engagent à la Légion. Je viens de voir arriver à la compagnie un de mes camarades que j'avais connu à Cherlogne. Il m'a dit que la vendange avait été belle.

Je veux vous dire que dans peu de jours nous allons lever le camp d'ici, nous devons partir en mission et notre mission est de tracer une ligne provisoire pour établir le chemin de fer de l'endroit où nous sommes jusqu'au sénégal Soudan. Nous devons donc traverser toute l'afrique, vous voyez que notre route est longue et dangereuse. C'est un espace de terrain qui n'a jamais été exploré. Si jamais nous partons et que je ne meurs pas, je vous décrirai tout ce que j'ai vu et passé.

Recevez chers Parents les salutations de votre fils

Léonard Romyr.

J'ignore si mon père et ma mère furent fiers ou honteux de ce que leur fils se soit engagé à la Légion. Je crois qu'ils en étaient plutôt mécontents. « C'est là que vont les têtes brûlées », avaient- ils entendu dire. Nous, nous ne savions pas bien de quoi il s'agissait.

Théoda, assise près de ma couche, me raconta tout ; mais elle ne fit aucun commentaire et ne répondit point à mes questions. Cette affaire de famille ne la concernait pas ; elle m'en transmettait l'essentiel sans y prendre la moindre part. Peut-être me l'avait-elle apportée comme on fait avaler une pastille à quelqu'un pour l'endormir et détourner son attention de ce qu'on tient à lui cacher.

Une nuit, un sentiment d'inquiétude me réveilla. Nous n'étions pas seules. On bougeait dans son lit, d'où partaient des chuchotements et des rires.

Le lendemain, elle me demanda :

— Tu as entendu que Barnabé est venu me trouver cette nuit ? Il se languit de moi.

— Non, répondis-je, je dormais.

Elle me jeta un drôle de regard : nous avions menti toutes les deux.

Une autre nuit, je fus tirée de mon sommeil par un murmure monotone, analogue à celui d'une prière. Je finis par y distinguer des dires et des réponses, et la voix qui me semblait unique se divisa en deux. Un homme qui n'était pas Barnabé et qui parlait de Barnabé, dit :

— Comment est-il avec toi ? Est-ce qu'il se doute ?

C'était la voix de Rémi.

— Ne parle pas si fort ! ordonna la femme.

Je ne pus comprendre le reste, mais ensuite les mots redevinrent perceptibles.

— Ils sont tous les mêmes, quand ça leur arrive, ils ne voient pas.

— Ne parle pas de lui, je ne veux pas parler de lui ! fit Théoda d'un ton d'impatience. Si tu continues, tu peux t'en aller !

Elle était seule maintenant :

— Je n'aime pas te voir quand tu es autre chose que nous deux ensemble.

Et un moment après, elle cria :

— Va-t'en !

Il y eut un bruit de lutte et de paroles étouffées qui me plongea dans une angoisse profonde, que ma faiblesse fit dégénérer en torpeur et dans laquelle je chus jusqu'au matin, à demi consciente.

Plusieurs jours et plusieurs nuits, je dus vivre avec Théoda, séparée de tous les autres. J'allais mieux, ma mère avait cessé de s'inquiéter.

« Quand elle viendra, je raconterai tout. » Je désirais la présence de ma mère, je l'attendais. Elle vint à la fin de la semaine.

— Tu vas descendre à Pragnin, me dit-elle. Barnabé est là, avec le traîneau.

Elle avait retrouvé sa voix ferme qui savait commander.

Dehors, c'était le mois de février. J'avais donc vécu tout un hiver ! Mes yeux souffrirent de la clarté de la neige et ma tête me sembla nue. Une grande hostilité m'entourait, je regrettais la tiédeur et la pénombre de mon lit. Sur le traîneau, on avait fixé une paillasse avec des cordes ; après m'avoir roulée dans des couvertures, on m'y étendit. Au-dessus de moi, se mouvait un ciel floconneux et sans limite dans lequel je me perdais désagréablement. Mon frère prit soin de ne pas me faire cahoter. Le voyage me parut long. A l'entrée du hameau, une vieille femme sortit d'une maison et vint regarder mon visage de tout près. Je l'entendis marmotter :

« Celle-là, elle n'en a plus pour longtemps : elle est aussi blanche que son béguin ! »

X

ELLE M'A DONNÉ UNE IMAGE

Non, mon heure n'avait pas sonné : je guéris. Lors de mon retour à la maison, je n'avais rien osé raconter à ma mère de ce que j'entendais la nuit à Ziouc. Il avait suffi de la revoir pour que mes intentions s'évanouissent. Ma certitude aussi. Ce que je voulais dire se révélait trop grave. Etais-je sûre de ne pas m'être trompée ? La fièvre est cause parfois de cauchemars. Oh oui, pourvu qu'elle seule... Mais ce que j'avais vu avant ? Elle me paraissait lointaine cette vie antérieure, un peu invraisemblable. Je m'étais si bien reposée depuis ! L'idée de l'éternité ne me tourmentait plus, ni Rémi et Théoda. Je me sentais toute neuve, un peu faible encore, et je devenais jolie.

La maladie m'avait donné de grands yeux et une finesse faite de fragilité, inconnue, chez mes sœurs. Je fus prise d'étranges délicatesses. Dans la rue, je marchais en relevant ma jupe d'une main pour éviter de la salir ; Maur se moquait de moi : « Marceline qui fait sa superbe ! » et il soufflait un peu de salive en fronçant le nez, ce qui était chez lui signe de désapprobation et de mépris. J'avais de beaux cheveux blond roux. « Elle a bien failli être une rouquine », dit une fois Théoda qui s'y connaissait en chevelure. Je les divisais en quatre petites nattes – deux devant, deux derrière – très serrées, qui tiraient sur mon crâne ; nous étions persuadées que cette façon de les tresser activait la pousse.

Je n'étais pas seule à subir certaines transformations. Un dimanche matin, nous fûmes tous très étonnés de voir Sidonie, jusque-là dénuée de coquetterie, s'habillant n'importe comment, ne s'effarouchant pas des travaux réservés aux hommes – c'était elle qui menait le mulet, répondait aux plaisanteries, et traitait les garçons en camarades – nous fûmes très étonnés de la voir s'attarder devant le miroir suspendu à droite des fenêtres, et nouer avec lenteur, hésitations, un petit fichu à carreaux, puis le rejeter, aller vers un tiroir et revenir avec un autre qui était violet, brodé de fleurettes. Elle avait à peine fini de le fixer autour de son cou, avec de légers tapotements, qu'elle poussa une exclamation de détresse, saisit à deux mains son chapeau qu'elle avait déjà sur la tête, constata qu'il était poussiéreux, souffla dessus, lissa le velours, et le remit. Nos rires la firent se retourner. C'est seulement alors qu'elle nous remarqua.

— Hé bien, celle-là... on dirait qu'elle commence à penser aux garçons ! se moqua Martin.

— Tu en fais des manières aujourd'hui, ajouta notre mère.

Mais, elle aussi, souriait :

— Voilà que j'ai quatre filles, à présent, comme de juste.

Emilienne, elle, avait déjà son galant. Ils se promenaient tous les deux en se donnant la main, sans parler. C'est ce silence et cet air de honte qui trahissaient les amoureux. Romaine et moi et notre amie Céleste avions l'habitude d'en rire avec un peu de mépris. L'impression qu'ils nous donnaient était toujours désagréable. L'attitude avantageuse de l'homme et les airs mourants de la femme nous agaçaient, nous intimidaient. Les grandes personnes disaient d'eux : « Il est bête après elle, ou elle est bête après lui. »

Pourtant, bien des choses me plaisaient.

Une amie d'Emilienne avait un galant qui habitait un village situé très haut sur la montagne, en face de la nôtre, où croissaient des pins arolles dont les cônes bleutés sont remplis d'amandes semblables à des œufs de fourmis. Pour les manger, il fallait soulever chaque écaille, saisir la minuscule coquille brune et la casser habilement entre les dents. Le goût des petits grains était si délicieux que le mal donné pour les avoir ne comptait guère. Mais le galant de l'amie d'Emilienne avait voulu éviter toute peine à sa bien-aimée. Il ne s'était pas contenté de lui envoyer les cônes auxquels on donnait le nom de mounettes ; il les avait décortiqués lui-même, et par centaines, par milliers peut-être, il en avait rassemblé les amandes dans une boîte en carton blanc. La jeune fille n'avait plus qu'à les prendre par poignées et les porter à la bouche.

Un garçon de Terroua avait inventé pour sa fiancée un miel sombre qui ne venait pas des abeilles ni des fleurs, mais qu'il préparait lui-même avec la résine des cônes de sapins mélangée à du sucre, et dont il gardait jalousement la recette. Un autre encore, qui était bon chasseur, rapportait chaque année à sa tendre amie cinq ou six peaux de renards que celle-ci cousait ensemble, ce qui finit par former un rougeoyant et chaud dessus-de-lit envié de Théoda.

Et je dois dire que ces présents et la patience qu'ils contenaient, ainsi que les phrases écrites par les amoureux dans leurs lettres, – une fois Romaine en avait trouvé une et me l'avait montrée, – si je feignais de les dédaigner, je les désirais sans le dire. J'aurais été bien aise, moi aussi, de recevoir une botte pleine de mounettes débarrassées de leurs coquilles, et du miel de sapins, et des messages où l'on me parlerait de mes « grâces enchanteresses », terminés par ces mots qui se gravèrent dans ma mémoire : « Je t'aime infiniment et pour toujours. A toi pour la vie. »

Plus tard... pensais-je.

Toutefois, il m'apparut clairement que ces amoureux ne ressemblaient en rien à Rémi et Théoda, qu'ils n'en avaient ni les manières, ni le langage. Alors ?... C'était peut-être que Rémi et Théoda ne s'aimaient pas. Ils se haïssaient, ils se voulaient du mal. Oui.., j'en étais sûre. En eux s'exaspérait un désir de mort, un sentiment monstrueux que je ne pouvais définir.

Et si c'était ça l'Amour ?

*

* *

Je ne les avais plus revus ensemble, mais quand je songeais à eux, j'éprouvais de nouveau de la peur. Ils nous menaçaient tous... Et je pris une seconde fois le parti d'aller avertir Barnabé.

Je le trouvai dans la cour, en train d'aiguiser ses faux.

— Te voilà bien affairé, lui dis-je.

— Et toi ? pas beaucoup... me répondit-il. Tu fais la demoiselle depuis que tu as été malade.

— Oh ! pas tant que ça..

— Qu'est que tu veux, Marceline ? s'informa Théoda qui arrivait.

— Oh ! rien, je regarde...

J'espérais qu'elle disparaîtrait dans la maison, mais elle resta dans la cour. Elle avait parfois des mouvements très vifs et quand elle pivotait, sur la pointe des pieds, sa jupe s'évasait en forme de cloche et découvrait ses bas de laine blanche, ce qui faisait dire à Ravailler : « Elle a toujours l'air d'avoir une envie de polka dans les jambes. » A quoi Barnabé répondait avec un large sourire : « Oh ! ma femme... elle ne marche pas, elle ne court pas : elle danse. »

— Viens avec moi, me dit-elle, je veux te donner quelque chose.

Nous entrâmes dans la chambre. Elle alla vers l'album, le posa sur la table et l'ouvrit :

— Tu peux choisir celle que tu préfères.

— Vous me la donnez pour de vrai ?... pour toujours ?... demandai-je, haletante.

— Oui, oui, affirma-t-elle. A moins que...

— Même l'image qui bouge ?

— Prends-la.

Je n'hésitai pas. D'une main impatiente et chaude, je la sortis de sa gaine verdâtre.

— Oh ! merci.

— Maintenant, file ! dit Théoda.

Je partis en courant jusqu'à la maison. Pour être tout à fait tranquille, je me réfugiai dans la petite chambre des habits et là, en compagnie des robes et des paletots suspendus à des clous, qui étaient au-dessus de moi comme des gens sans voix et sans têtes, donc nullement gênants, je pus tout à loisir contempler l'image. Pour qu'elle se multiplie et me révèle l'étendue de son jardin où poussaient des rosiers et des fleurs inconnues, pour que le pont arqué enjambe la rivière invisible, et que s'abaisse le perron de la villa aux six petites fenêtres dorées qu'on apercevait dans le fond, je tirais une languette de papier. Quand j'avais parcouru toutes les allées et passé sous toutes les tonnelles, le regard ébloui par la couleur brillante et lisse du feuillage et fatigué par ses mille dentelures, je lâchais la languette et le jardin se repliait sur lui-même.

La nuit, au risque de l'abîmer, je glissais l'image sous mon matelas ; la journée, dans la poche intérieure de ma jupe.

Mais la deuxième nuit, j'eus une inquiétude. Dire que je n'avais pas encore songé à cela ! Dire que je n'avais pas même regardé si des mots étaient écrits derrière. A peine l'aube parut-elle, que je voulus m'en rendre compte. Non, il n'y avait rien. Le dos de la carte postale était blanc, peut- être un peu gris, un peu sale, mais aucune écriture n'en troublait l'indifférence.

Et si j'en avais pris une autre ?...

Théoda ne me l'eût pas donnée sans doute.

XI

BARNABÉ

Avec cela, je n'avais rien dit à Barnabé. Il se passa plusieurs semaines avant que je me décide à le revoir. « Si je vais chez lui, Théoda sera présente », pensais-je. « J'irai le trouver quand il travaille chez les autres. » Il allait en journée, avec son attirail, réparer les vieux souliers et en fabriquer de nouveaux avec le cuir que chaque paysan lui remettait. Je m'enquis auprès de Marcien du jour où mon frère irait chez lui. Il vivait avec son père devenu presque infirme et sa femme Louise, si discrète qu'elle s'effaçait dès l'arrivée de quelqu'un.

— Mercredi, me répondit-il.

Autour de Terroua, les prés étaient pleins de primevères roses, de gentianes, de clés de saint Pierre, de boutons d'or et de lys du Paradis. J'enviais les petites filles qui pouvaient les cueillir sans voir apparaître partout Rémi et Théoda.

« Ce sera bientôt fini. » J'étais persuadée qu'une fois mon tourment transmis à Barnabé, j'en serais débarrassée pour toujours, de même que les péchés vous quittent lorsqu'on s'en est confessé.

J'avais hâte d'être purifiée. La chose me semblait facile à présent. Je n'avais plus les mêmes craintes qu'au début. Ces événements se détachaient de ma vie, je les sentais indépendants de moi.

« Quand je sortirai d'ici, je pourrai ne plus y songer », prononçai-je à mi-voix, en passant le seuil de la maison Ravailler. Tout allait comme je l'avais prévu. Marcien était parti au champ avec sa femme, le père se tenait assis à droite de la porte. Je commencerais ainsi : « Barnabé, je suis venue te dire... » et la suite viendrait. Il me dirait : « Tu as bien fait, Marceline. » Après, je le laisserais seul en face de Rémi et Théoda. Je lui aurai donné mon mal. J'étais sans pitié.

Je poussai la porte. Il était là.

— Bonjour Barnabé.

Entre les genoux, il maintenait un soulier renversé et tapait dessus avec un marteau.

Il ne m'avait pas entendue. Je vins me placer droit devant lui, tout près. Il leva la tête. Oh ! qu'il était loin de tout ce que je voulais lui dire ! Il était devant moi, comme ces montagnes que l'on croit proches, que l'on pense atteindre en quelques pas et qui se trouvent à une distance de plusieurs jours. Avant d'entreprendre ce long voyage, je m'offris un moment de répit. Je m'assis à ses pieds et regardai, l'un après l'autre, les objets épars autour de lui. Il s'en dégageait une lourde odeur de fer et de cuir qui m'étouffait, l'odeur de Barnabé ; mais chaque chose était intéressante à toucher : les peaux lisses, l'alêne pointue, le fil durci par la poix, les clous.

— Pour qui tu le fais celui-là ?

— Pour celui qui me l'a demandé.

— Oh ! dis... ne chicane pas.

— Tu sais bien qu'on chicane ceux qu'on aime bien.

— A moi, tu m'en feras bientôt ? Ceux du dimanche sont tout vieux.

— Ça, c'est le père qui décide.

— Ils sont jolis ceux que tu as faits à maman, avec des découpes.

— C'est qu'elle est difficile...

— A Théoda, tu lui en fais souvent ?

— Quand il faut.

— J'aimerais bien avoir un mari cordonnier.

— Pour ça, tu devras attendre que je sois mort. A moins que tu ne te maries dans un autre village.

— Dis, Barnabé... tu aimes bien Rémi, toi ?

— Rémi ? Je dis comme les autres : c'est un qu'on connaît peu. Un homme tranquille.

— Il vaudrait mieux qu'il parte.

J'avais parlé nettement. Ses mains s'arrêtèrent, le marteau resta suspendu. Je n'osai pas regarder son visage. Il y eut un silence. J'entendis le tic-tac de la pendule. J'eus envie de crier. J'appelai :

— Barnabé !

Cette fois, je le vis. Les yeux à demi fermés, la bouche très grande, une bouche qui lui tailladait les joues, il réfléchissait :

— Eh ! bien, je crois que je n'en ai pas assez, dit-il.

— De quoi ?

— Des clous à grosses têtes.

Il s'agissait bien de cela ! Je ne le lâcherais pas ainsi. Je me mis debout pour avoir plus de force.

— Barnabé, écoute-moi ! j'ai quelque chose de grave à te dire, de vraiment grave. Il vaut mieux que tu saches... Parce que toi, tu peux faire pour empêcher...

Je parlais avec une volubilité qui ne m'était pas habituelle.

Mais quand je le sentis prêt à m'écouter, une lueur interrogative dans ses yeux fixés sur les miens, je perdis tout courage. Sa figure, ses épaules, son corps entier m'écoutaient. Je voyais ses bras nus jusqu'au coude où s'entremêlaient de grosses veines bleues, sa chemise de raide toile à rayures grises et surtout les deux petits pompons rouges du cordonnet qui la fermait sous le menton, ces deux pompons qui avaient là un air enfantin, si sage... J'éprouvai un malaise inconnu : la pitié. Maintenant, je ferai n'importe quoi, mais je ne le toucherai pas, je ne le blesserai pas, je ne lui dirai rien, rien. Plutôt mourir !

— Barnabé, je peux aller les chercher les clous, je sais où ils sont. Je reviens vite.

— Oui, va.

Je courus à son appartement. Dans un coin de la cuisine, se trouvaient les boîtes à clous. Il faisait sombre, je dus vérifier près de la porte ouverte si j'avais pris les bons. Oui. Je retournai en hâte auprès de Barnabé.

— Voilà !

— Je suis bien content... Tu as vu quelqu'un ?

— Non.

— Elle sera allée à la fontaine.

— Peut-être qu'elle était à côté, je n'ai pas regardé.

— Tu devrais quelquefois lui tenir compagnie à Théoda. Elle t'aime bien. Elle s'ennuie quand elle est seule.

— Oh ! je n'ose pas...

Il s'était remis à taper sur la semelle. J'aimais voir le clou s'enfoncer d'un seul coup de marteau. Sans effort. C'était moins aisé de coudre le cuir, on sentait la résistance et les points avaient de la peine à être réguliers. Barnabé était de nouveau rentré en lui-même ; il avait fermé toutes ses portes. Il était en paix. Il ne pensait qu'à son travail, à sa femme peut-être. Je n'existais plus. Je n'avais réussi qu'un instant à le tirer de sa quiétude. Et déjà il l'avait oublié.

C'était moi, toute seule, qui devrais porter le secret.

J'écoutais le tic-tac. A l'école, le curé nous racontait qu'en enfer il y avait une immense horloge dont le pendule disait : « Toujours-Jamais... Toujours-Jamais. » Ce qui signifiait : Toujours rester – Jamais sortir. Je me levai.

— Je m'en vais.

Mais je ne partais pas. « Il a bien de la chance, lui, de ne pas savoir... » Je lui en voulais d'être si paisible. Ce n'était pas lui seul que Rémi et Théoda insultaient, c'était toute la famille. On se moquait de nous.

— Barnabé !

Barnabé, fais attention : Théoda.

Je criais :

— Théoda, oui Théoda !

Je l'avais atteint. Il s'était levé. Tout tomba : le soulier, les clous, le marteau. Il marchait dessus, il s'approchait de moi.

Je l'attendais, je le défiais.

— Eh bien ! quoi ? Théoda, Théoda. Toi aussi maintenant ? Est-ce que ça vous regarde !

Une flamme de colère passa dans ses yeux.

— C'est la mère qui t'envoie ? Elle nous critique, hein ? Nom de Dieu, est-ce que ça vous regarde ? Et toi, une gamine de rien !

— ...

— Qu'est-ce que ça peut vous foutre ? Laissez- moi tranquille. Et puis c'est mon affaire.

Il se calma. Il retourna s'asseoir. Je demeurais là, tremblante d'énervement, inutile. Je savais qu'il était fâché contre moi, qu'il désirait que je m'en aille. Et pourtant, je ne pouvais pas... J'attendais qu'il me parle encore. Mais il ne disait rien. Il avait repris son travail, retrouvé tous ses gestes.

J'ouvris la porte derrière moi et à reculons je sortis de la chambre.

XII

LA FÊTE DE DIEU

Quand je repense aux jours qui précédaient la Fête-Dieu, que nous disions Fête de Dieu, d'abord m'arrive une forte odeur de forêt et je me vois environnée d'un amas de lierre, de mousses et de branches de sapins que nos mains soulevaient et tressaient en guirlandes. A ce bien-être, s'ajoute un malaise qui nous venait de nos cheveux emprisonnés et tordus. Pendant que nos mains édifiaient les reposoirs où s'arrêterait la procession, les papillotes dont nos têtes étaient couvertes nous préparaient, en secret, une beauté qui nous remplirait d'un orgueil immense.

Le butin arraché dans les bois donnait aux chambres des vieilles tantes, qui dirigeaient les travaux, un air de fête et une fraîcheur qui nous tournaient la tête à toutes. Sur la table et sur le tapis blanc crocheté de leurs grands lits, s'amoncelaient les guirlandes terminées. Elles montaient si haut que les images des parois s'y trouvaient à demi ensevelies ; saint Antoine et sainte Catherine avaient le visage griffé par les aiguilles des pins, et les petites feuilles bombées des raisins d'ours suspendaient à leurs oreilles des pendeloques vert sombre.

Chacune de nous avait sa tâche. Les écolières devaient couper les branches, égaliser les mousses et composer les bouquets que les aînées fixaient sur une longue ficelle. Nous y piquions les fleurs que la régente confectionnait. Les roses, les pivoines et les lys naissaient au bout de ses doigts avec une rapidité inexplicable ; on entendait à peine le bruit des ciseaux dans le papier de soie. « Plus belles que les vraies », disait Céleste.

Les cordons de verdure sortaient des maisons et venaient orner l'église et les places. Nous tressions aussi à travers le village, invisibles et pourtant présentes, nos joies, des guirlandes de joies qui remplissaient la rue et les ruelles, et devenaient si nombreuses que nous avions presque l'impression d'étouffer.

Au loin, les tambours s'exerçaient ; de petites forêts de sapins surgissaient là où, le matin encore, il n'y avait que de la poussière et des pavés, et les pots de géraniums recouvraient la fontaine.

La veille au soir, la joie éclatait. Un grand coup. Le canon du village. On s'endormait en attendant le réveil. Un second coup. C'était déjà l'aube, la véritable. Un troisième, un quatrième. Chaque fois, on partait avec lui dans les nues. Puis on se retrouvait sur la terre. Nos cœurs, chargés d'attente, étaient aussi lourds à porter que des cœurs de deuil.

Et telle une végétation inconnue, nos chevelures se déroulaient autour de nous, trop abondantes pour nos petits corps, pour nos visages qui disparaissaient sous leurs volutes agressives. Nous en prenions conscience d'une main aveugle, étonnée ; il nous en venait une fierté de reines. Romaine, moi, et treize de nos compagnes étions « les blanches » choisies par les jeunes filles du saint Rosaire pour porter leurs gonfanons. On nous habillait ce jour-là de robes blanches. Pour des fillettes qui ne connaissaient toute l'année que des vêtements sombres ou bigarrés, on peut imaginer ce que cela représente. Peu importaient les gros bas noirs et les souliers à clous !

C'est ainsi que nous escortions Dieu dans sa promenade triomphale par le village et les champs. A trois reprises, le prêtre Le faisait se reposer sur un des autels de feuillage et, pendant que les tambours battaient, que les enfants de chœur agitaient leurs clochettes, nous nous mettions tous à genoux pour L'adorer.

Il comprenait, ce Dieu-là, que ses créatures ont besoin d'être joyeuses et fières, qu'il faut le leur permettre, et leur laisser leurs guirlandes puisqu'elles sont là en Son honneur. Pourtant, Dieu sur la terre se sentait en visite. Ce jour-là, le bonheur de la terre était si grand qu'elle semblait se suffire à elle-même. Dieu se promenait, conduit par les hommes qu'Il avait créés, se promenait dans les prés qu'Il leur avait donnés. Etait-Il vraiment chez Lui ?

« Quels sauvages ! capables de tout ! » devait-Il penser quand Il regardait leurs gros poings fermés et leurs mâchoires et qu'Il songeait à leurs péchés ; mais quand on Le plaçait devant les reposoirs, et qu'Il voyait la petite maison en fleurs, les sentiers de sciure bordés de sapins, Il devait quand même s'attendrir.

Un grand soleil de juin chauffait la procession. Le temps est toujours beau le jour de la Fête-Dieu. Et, de nouveau, comme si seul Terroua eût existé, le reste du monde n'était plus le monde. On l'oubliait. Y avait-on jamais songé ? Notre univers s'arrêtait là-bas au bord du plateau. Il nous contentait. Les montagnes elles-mêmes avaient cessé d'être, remplacées par des montagnes de brumes et de mirages qui n'avaient d'elles que la forme. Tandis que Terroua, oh ! que Terroua était palpable ce jour-là, et coloré et solide, même les prés mouvants dans lesquels la brise courait en envoyant des vagues d'herbes heurter les deux petites collines rondes, boisées de pins, qui s'élevaient comme deux îles au milieu de cette houle. Et là-dessus, les gonfanons tanguaient, les bannières se gonflaient, hautes et frangées d'or, prêtes à s'arracher de leurs mâts que tenaient ferme les hommes : la bannière de saint Antoine, le patron du village, de saint Théodule le patron du pays, celle de saint Joseph, celle de la Vierge, jaune, rose, lie-de-vin, blanche, et les quinze petites du saint Rosaire. Je portais la bleue, ornée au centre d'une image.

Chacun se sentait bien dans la procession, heureux, chacun à sa place, chacun aussi beau qu'il était capable de l'être. C'est bon de prier Dieu avec de la joie, sans effort, de savoir qu'Il ne sera pas jaloux de cette joie puisqu'Il en est la cause. De pouvoir Lui dire merci, au lieu de toujours demander. De pouvoir rire avec Lui, au lieu de pleurer. Car on riait de bonheur dans la procession, on riait avec décence, avec respect, un rire qui était dans les yeux plutôt que dans les bouches, qui rendait belles les femmes et grands les hommes, et vigoureux les enfants. On ne souffrait plus des fatigues de l'année, on ne portait plus le poids de ses péchés.

Pourtant cette année-là, notre procession ne fut pas ce qu'elle était d'habitude. Un élément nouveau en changeait l'ordre ancien, un élément sur lequel personne n'avait compté : la splendeur de Théoda. Elle existait avec tant de force qu'il était impossible de ne pas la remarquer. Théoda l'avait gardée si longtemps cachée au fond d'elle-même, qu'aujourd'hui elle la présentait en plein soleil. Mais cette beauté n'était pas une prière et ne pouvait le devenir, Théoda étant le contraire d'une prière. Et cela aussi, on le devinait. Elle n'aurait pas demandé mieux que d'être pareille aux autres. Elle était capable d'un bien plus grand amour que les autres, d'un bien plus grand courage, mais son dieu n'était pas Dieu, c'était un homme.

Et Dieu est jaloux de l'amour de sa créature pour la créature. Elle avait beau balbutier des litanies, elle ne s'adressait pas à Lui ; elle avait beau tenir un cierge allumé à la main, la flamme qui brûlait en son cœur pour Rémi était plus ardente.

Cela jetait le trouble parmi la procession. Les hommes éprouvaient de l'inquiétude et sentaient une partie d'eux-mêmes s'élancer vers elle. Les femmes aussi étaient anxieuses : une haine sourde commençait à les envahir pour l'épouse de Barnabé.

*

*   *

La procession finie, on rentrait chez soi. La jeune fille dont j'étais « la blanche » m'invita selon la coutume à dîner chez elle. J'aimais beaucoup manger ailleurs qu'à la maison ; tout me semblait meilleur et plus léger.

L'après-midi, on s'amusait dans les rues de ce village décoré où traînait encore un parfum d'encens. On touchait ce qu'on n'avait pu, le matin même, que regarder de loin ; on jouait à cache-cache derrière les reposoirs. Ils avaient perdu leur caractère sacré et le désordre régnait déjà parmi les mousses et la sciure des chemins. En allant à la fontaine, les vaches rêvaient et se frottaient le col aux sapins branlants et les chèvres se battaient, cornes mêlées, au pied de l'autel vide.

La joie religieuse devenait peu à peu profane, tout en gardant une certaine solennité dans le rythme. A la maison de commune, les hommes et les soldats buvaient. Cette demeure, ce jour-là, était le cœur de Terroua. En elle battait une vie dont on entendait de loin les manifestations.

— Ecoutez-les chanter ! disaient les femmes et les enfants.

— Maintenant, ils font marcher les tambours !

Puis c'était de nouveau des chants coupés de cris.

— Ils ne pensent qu'à se soûler ! se plaignaient quelques-unes.

— Ils n'ont pas le respect... disait ma mère.

Le soir, une fois la nuit tombée, on aurait pu croire que tout rentrerait dans l'ordre. Le village semblait redevenu silencieux. Pour mes parents et la plupart des habitants, la fête était finie ; mais un tel débordement de joie avait besoin de durer.

Il se passait une autre fête sur la place... J'étais sortie après le repas avec Romaine, et comme on oubliait de nous appeler, bien qu'il fût l'heure d'aller au lit, nous partîmes nous promener, sans penser nous éloigner beaucoup. Nous avions pris par les jardins derrière le village. il faisait tout à fait nuit et froid.

— Tu entends ! dit ma sœur, en levant un doigt à la hauteur de la figure.

— Les orguettes ! et nous bondîmes dans leur direction.

— Arrête ! cria Romaine, prise de peur.

— Juste écouter et on s'en retourne.

— Tu sais bien que c'est défendu !

— Oui... il vaut mieux rentrer.

Tout en parlant, nous marchions du côté de la musique. Nous savions, l'une et l'autre, que nous ne pourrions plus revenir sur nos pas.

— Un petit moment.

Nos cœurs battaient. Ce que nous faisions était grave : nous nous rendions à une fête où les enfants n'étaient pas, ni les jeunes filles, ni les femmes – à de rares exceptions.

Sur un sentier parallèle au nôtre, nous aperçûmes quelqu'un qui s'avançait. On l'entendait souffler et pousser des soupirs.

— C'est monsieur le Curé ! fit Romaine.

— Où allez-vous ? cria-t-il.

Nous nous attendions à être grondées, mais il nous dit d'une voix entrecoupée et plaintive :

— Je suis sorti prendre l'air ! Oh oui, prendre l'air. On ne peut plus respirer...

Il paraissait très malheureux.

Nous poursuivîmes notre chemin. Il nous interpella encore :

— Qui êtes-vous ?

Nous n'osâmes pas répondre. Mais son cri était moins une question qu'un appel au secours.

— Non, allez, allez !...

Et il disparut dans les ténèbres.

— Il souffre, monsieur le Curé. Qu'est-ce qu'il a ?

— Sûrement qu'ils l'ont trop fait boire à la commune, dit Romaine.

Le bruit des orguettes était tout proche. Deux maisons nous cachaient la place ; nous nous glissâmes entre elles. Une torche éclairait la fontaine, et laissait le reste dans la pénombre. Nous distinguâmes d'abord quelques groupes d'hommes immobiles ; en regardant mieux, nous vîmes qu'ils dansaient. Ils dansaient entre eux, les pieds cloués au sol, imprimant à leurs corps le mouvement de balance ou de rotation que leur dictait leur ivresse plus que le rythme des musiques à bouche dont plusieurs jouaient, chacun pour soi. Un des hommes passait de l'un à l'autre avec une channe et un gobelet de bois, et buvait qui voulait. Ils semblaient tous habités par un être immense qui n'était pas à la mesure de leurs corps, qui les étouffait, les alourdissait. Les mots avaient peine à sortir de leur bouche, et ce n'est qu'en les estropiant qu'ils s'en débarrassaient. Mais il y avait en eux, malgré tout, un orgueil qui les faisait se raidir et les empêchait de tomber. Ils étaient tellement occupés d'eux-mêmes, de ce personnage encombrant qui vivait en eux et dont la présence les remplissait d'extase et de malaise, qu'ils ne firent nullement attention à nous.

Cette fois, nous étions au milieu de la fête dont ma mère disait « Ce n'est plus la Fête-Dieu, c'est la Fête-Démon. »

On y voyait quand même deux ou trois enfants et quelques femmes ; elles se tenaient à l'écart et refusaient de danser avec ces ivrognes, sauf Jeannette, une fille un peu simple qui s'amusait toujours avec les hommes. On racontait qu'elle descendait à Pragnin quand personne n'y était, et que tous les garçons du village allaient la retrouver à tour de rôle.

Une atmosphère, étrangement calme et tendue à la fois, se dégageait de ce bal qui se déroulait au ralenti sur la place.

Aucun de mes frères ne se trouvait là. J'aperçus Marcien et je cherchai Rémi. Il faisait partie d'un groupe caché dans l'obscurité. Je vis briller ses yeux sous son chapeau de feutre. De jour, ses yeux étaient deux trous d'ombre, mais la nuit, et surtout cette nuit-là, ils étaient traversés de lueurs rousses. De tous les hommes présents, c'était celui que nous connaissions le mieux, avec Ravailler. Nous nous gardâmes bien de leur adresser la parole ; les hommes saouls nous inspiraient une crainte qui nous maintenait à distance.

De la pitié aussi. Pour la première fois, j'en ressentais à l'égard de Rémi, et pour la première fois je décelais en lui quelque chose de très humble, de battu, qui m'étonna. Il était à découvert, à la merci de chacun. Profitant de sa faiblesse, son âme s'échappait de la prison où il la tenait enfermée d'habitude, se montrait à nous, nue, sans armes. C'était ça Rémi ? Je ne pouvais le croire.

— Regarde comme il est, dis-je à Romaine.

— Oui, il est triste.

J'eus une envie absurde de me rapprocher de lui, mais je n'osai pas.

— Sa femme est là-bas, tu vois.

— Oui.

Parmi les épouses retirées de l'autre côté de la place, je reconnus Marguerite Carroz, les épaules serrées dans un châle noir. Louise, celle de Marcien, se tenait à sa droite. Qu'attendaient-elles ?

Nous avions oublié que l'heure de rentrer était passée depuis longtemps et que notre mère devait s'inquiéter.

— Ils ne savent plus jouer ! se moqua Romaine.

Les musiques à bouche rendaient des sons bizarres qui ressemblaient aux miaulements des chats, aux cris des coqs, aux braiements des mulets.

— Viens ! dit-elle en me saisissant le bras. Au lieu de partir, nous restions sur place.

Je sentis que Rémi nous regardait, avec une telle intensité que son âme vint nous heurter toutes les deux.

Je me retournai. Derrière nous, se dressaient Barnabé et Théoda. Depuis quand étaient-ils ici ? Ils venaient d'arriver, sans doute. Je craignais qu'ils ne nous reconnussent.

— Allons-nous-en, murmurai-je à ma sœur.

Flavien, le jeune homme qui servait à boire, s'approcha d'eux et leur offrit le vin. Mon frère but, mais Théoda refusa. Elle ne toucherait pas de ses lèvres le verre de tout le monde. L'échanson se dirigea ensuite vers le groupe où se trouvait Rémi ; il leva la channe, remplit le gobelet, le lui tendit.

Il y eut une exclamation sourde. Nous vîmes Flavien chanceler, la figure en sang, et Rémi se débattre entre ceux qui le maintenaient.

Personne n'avait crié. Cela s'était passé en un clin d'œil, et d'une façon discrète si l'on peut parler ainsi. Les deux hommes furent entraînés à l'écart. Théoda et Barnabé n'avaient pas bronché. Avaient-ils seulement vu ?

Quelqu'un ramassa la channe tombée à terre et remplaça l'échanson. Et la fête se poursuivit, exaspérée et morne, comme si chacun ne s'y donnait pas tout entier, se réservant pour une autre, avec au fond de tous l'attente d'une chose qui n'arrivait pas, cette attente qui précède parfois un événement grave... comme si cette fête ne fût pas la vraie et qu'il y en eût une autre qui se préparait.

XIII

LA FLEUR DU TONNERRE

Notre mère ne sut jamais que nous avions assisté à la Fête-Démon. Au retour, nous trouvâmes la porte ouverte. Tout le monde dormait. Barnabé, qui nous avait peut-être vues, ne répéta rien. Pauvre Barnabé, il nous verrait moins bien maintenant. Au mois de juillet, il se creva un œil. On ne comprit point de quelle façon. Il nous raconta qu'il avait fait un faux mouvement en voulant réparer un soulier il s'était trop penché, et la pointe de l'alêne lui était entrée dans l'œil, mais elle n'avait entamé que la pupille et laissé le reste intact. Ça le changeait peu. De loin, les deux yeux semblaient pareils ; il fallait être tout près pour remarquer cette pupille morte, devenue blanchâtre.

Mais ça le gênait dans son travail.

Voilà que j'ai un mari borgne, à présent, disait Théoda.

— Oh ! je m'habitue, je m'habitue, répondait-il.

Maintenant que la beauté de Théoda avait frappé tout le monde, on se mit à la regarder et l'on vit sur elle ce qu'on n'avait pas découvert jusqu'alors.

On vit que son teint, qu'elle protégeait du soleil, était uni et fin, avec du rose sur les pommettes saillantes. Que ses yeux étaient d'un gris bleuté, avec une pupille minuscule qui se dilatait le soir et faisait croire à des yeux sombres. Si elle était en colère, si elle avait envie de quelque chose, l'iris se gonflait et se couvrait de lueurs jaunes. Des yeux qui vous regardaient en face, sans peur, sans émoi. Mais nous voyaient-ils ? Ils allaient bien au-delà de nous-mêmes, ils nous traversaient ; nous n'étions pas leur but.

Elle marchait dans la rue, légèrement cambrée, les bras immobiles le long de son corps, mais les mains se relevaient, tâtaient l'air comme deux gouvernails. « On croirait toujours qu'elle va vers une fête », disait Herbert, revenu au village.

Elle portait la blouse de grosse toile blanche sous son caraco qu'elle ouvrait pour mieux respirer. Une mèche noire tombait sur sa joue, elle la laissait... Elle ne voyait rien. Elle écoutait chanter son corps. De ses deux mains, elle saisissait l'air, l'attirait à elle, s'en entourait. Elle savait qu'il était chargé du désir de Rémi. A la lumière de cet homme, son corps fleurissait. Elle devenait plus que belle : vivante. Et cette vie l'exhaussait, la projetait hors d'elle-même. Chacun devait le sentir : partout où elle allait, les gens s'écartaient pour lui laisser place, comme si ce fût une femme immense qui s'avançait. Elle ne leur donnait pas un regard. On la haïssait parce que ce bonheur provoquait chacun, le heurtait dans ce qu'il avait de plus secret, de plus cher : sa tranquillité.

*

*　　　*

Cette année-là, les orages rôdèrent autour du village comme les bêtes sans noms d'autrefois, qu'on distinguait mal, dont on ne pouvait définir la taille ni la forme, mais que l'odeur et le souffle trahissaient.

Ils se concertaient au-dessus de Terroua, fuyant les autres parties du ciel qui nous apparaissait, au loin, d'un bleu puissant. L'air devant nous était jaune et chargé d'une poussière impalpable ; nous ne reconnaissions plus le monde cloisonné par de hautes murailles invisibles dont le poids alourdissait le sol. Certains jours, sans une goutte d'eau et sans qu'un seul coup de tonnerre la précédât, la foudre tombait.

Le poirier sauvage, aux branches levées, du champ de la Combe, fut atteint. Notre demeure vibra et rendit un son de cristal. Pierre, qui se tenait près de la fenêtre, prétendit avoir vu se renverser sur la terre un gigantesque arbre de feu. Le lendemain, nous allâmes glisser nos doigts dans la blessure qui rayait le tronc du faîte à la racine ; je croyais pénétrer dans la poitrine de l'arbre et toucher son cœur. A sa base, l'écorce, intacte en apparence, était arrachée. Une vieille femme vint la ramasser ; elle nous dit qu'elle s'en servirait pour allumer son feu. Nous trouvâmes bizarre et tout près du défi de vouloir alimenter une flamme avec un bois marqué par celle de Dieu. Le printemps suivant, le poirier essaya de mettre des feuilles et des boutons ; quand les autres eurent toute leur verdure, gonflée d'oiseaux et d'abériettes grandissantes, il était encore aussi nu qu'au début d'avril. J'attendais avec émoi qu'éclosent les fleurs de ce foudroyé, me demandant si elles en porteraient le signe et m'en livreraient le secret. Mais il ne put rattraper ses frères et finit par mourir. On le vendit aux enchères, à une assemblée de la commune.

Dans les prés de Terroua, mon père et mes frères fauchaient. Nous nous tenions derrière eux, éparpillant les andains, tout en choisissant parmi les ombelles coupées la fleur un peu rougie du cumin dont les graines étaient un aromate pour le pain, les viandes et la soupe.

Un après-midi, l'air devint si sombre et trouble que nous crûmes à une nuit sans aube qui s'étendait sur nous. Tante Agathe prédit la fin des temps et se signa. L'immobilité de l'herbe et du feuillage me fit peur. A l'intensité de leur attente, devait correspondre un heurt d'une violence inconnue. Pourrait-on parler d'orages ? Je prévoyais des maux bien plus étranges, bibliques : une grêle de feu qui réduirait le village en cendres, une invasion de toutes les mouches qui sont dans les marais de la plaine et de toutes les guêpes des vergers du pays. Je les voyais se poser sur les champs, dans les trous des rochers, sur les ormeaux et sur les halliers...

— Regardez, dit mon père, en allongeant le bras.

Nous tournâmes la tête vers l'ouest. Le fond de la Vallée était tout éclairé par le soleil dont les rayons tombaient sur les prairies vertes et sur le fleuve, comme les colonnes d'un palais géant, à nous interdit.

Mais déjà les rafales de pluie venues de l'est s'abattaient sur le plateau et nous courûmes nous réfugier dans une grange, les mains sur les oreilles pour empêcher le tonnerre de nous assourdir.

Après l'orage, la corolle en forme d'étoile des joubarbes s'ouvrait, sur sa tige charnue, à mille places dans les murs et les gravières de Terroua. On s'étonnait devant cette plante, que personne ne pouvait cueillir et mettre en bouquet, les doigts étant gênés par l'épaisseur de sa hampe semblable à un serpent dressé qui aurait porté dans sa gueule une fleur. Elle se fanait avec une lenteur subtile, passant du rose ardent au rose cuivré, pour devenir de plus en plus pâle avant la mort. On disait d'elle : « C'est la fleur du Tonnerre. »

Et comme d'autres fleurs, nés du tonnerre aussi, les serpents se montrèrent. Ils paraissaient engourdis et oubliaient de fuir à l'approche des hommes. Entendraient-ils encore les clochettes que les mères suspendaient au cou de leurs plus jeunes enfants ? On racontait qu'ils venaient boire, dans la gorge des tout - petits, le lait dont ils étaient avides... Au moindre balancement des hautes herbes, on pouvait soupçonner leur présence, et nous n'osions plus regarder dans la pénombre des haies d'épines-vinettes, de crainte d'y surprendre une racine vivante.

Les garçons leur jetaient des cailloux et tapaient dessus avec des bâtons ; ils les laissaient mourir dans la poussière, surpris de les voir perdre si peu de sang.

Autour de Ziouc, il y avait des cerises dont nul ne se souciait, faute de temps. Elles pourrissaient sur l'arbre et les oiseaux les becquetaient. Quand nous passions par là, nous nous dépêchions d'en cueillir. Elles étaient minuscules, à peine plus grosses que le noyau. Le goût de ces griottes redevenues sauvages nous irritait de même qu'il nous tentait, leur amertume rendant leur sucre plus savoureux encore.

Un matin d'août, nous étions sur un cerisier, Romaine, Maur et moi, pendant que les moineaux, trop habitués à l'arbre pour redouter notre voisinage, faisaient dans les branches un bruit de mille séraphins. Brusquement, ils disparurent. Maur, qui s'était permis de les insulter, de les appeler voleurs et satans, crut les avoir impressionnés. Il s'agissait bien de lui !

Romaine était assise au cœur de l'arbre. Elle cherchait toujours, avec un instinct très sûr, à se placer au centre des choses, au milieu de la ronde, heureuse seulement lorsque les autres l'entouraient ; ils étaient pour elle un hommage autant qu'une protection.

Elle poussa un grand cri, se redressa et se tint debout, toute raide.

— Qu'as-tu ?

Nous ne pouvions deviner. Elle ne répondait pas, trop effrayée pour s'occuper de nous.

C'est alors que Maur aperçut la bête. Il sauta du cerisier avec un hurlement, tomba sur les genoux et dut se faire mal, mais il se releva vite.

— Le serpent !

Je le vis enfin. Enroulé autour du tronc, immobile, la tête un peu rejetée en arrière, il nous écoutait. Lorsqu'à nos cris eut succédé le silence, rassuré, il se remit à monter. Sa peau brillait et changeait de teinte sur l'écorce devenue terne. Et nous regardions ce long corps dont toutes les parties sont égales, où la souplesse est répandue du commencement à la fin, où la queue ressemble à la tête, et le milieu aux deux bouts, fascinés par sa grâce repoussante.

Il arriva tout près de nous ; c'est alors que nous eûmes l'intuition de sa force, une force contre laquelle il était impossible de lutter, qui était sans rapport avec celle des animaux ou des hommes. Il n'y avait pas d'espoir pour Romaine et moi de sauter à bas de l'arbre, nous étions trop haut. Nous appelâmes au secours.

Théoda qui revenait des champs nous entendit. Elle portait sur le dos des gerbes de seigle posées sur le cacolet. Elle ne prit pas la peine de s'en défaire ; les tiges de blé étincelaient au soleil, bruissaient, partaient en rayons de chaque côté de ses fortes épaules et traînaient jusqu'à terre. Elle n'en paraissait pas alourdie, sa charge la surélevait comme deux puissantes ailes.

Le serpent et Théoda se regardèrent. Un instant. Puis, d'un léger coup de serpe, elle le partagea en deux. Les tronçons se révulsèrent en étreignant l'arbre. Enfin, ils se détendirent et churent, l'un après l'autre, dans le gazon, où ils rampèrent encore, aveugles.

Nous étions sauvés. Mais nous n'eûmes plus envie de cerises et nous suivîmes Théoda qui remontait au village.

Le soir, à la maison, Romaine racontait :

— Vous savez, père : le serpent, il écoutait joli tout ce qu'on disait.

— Il voulait manger des griottes, certifiait Maur. Tout le monde le croyait.

Moi je pensais à Théoda qui nous avait protégés, la téméraire Théoda.

Le serpent, nous le revîmes le lendemain, au toit de la grange d'Eusèbe Marily, notre cousin, en compagnie d'un chien crevé, tous les deux pendus. En passant, les gens levaient l'index, riaient ou marmonnaient, et les femmes faisaient la grimace en détournant les yeux. Le propriétaire porta plainte :

— C'est encore un tour de Joseph Barraz ou de Marcien Ravailler.

C'était Joseph. Marcien fit autre chose : il lui faucha la moitié d'un jardin de chanvre.

— Qu'est-ce qu'ils ont contre Eusèbe ?

— Rien... pour le plaisir d'embêter.

On éprouvait le besoin de se nuire les uns les autres. Les bêtes aussi. Dans les herbes bleues des talus, les lézards verts tachetés d'or, comme de petits dragons, s'entretuaient. S'il leur arrivait de mordre un homme, avait dit le régent, leurs crocs s'enfonçaient si bien dans la chair qu'ils y restaient pris ; on ne pouvait s'en délivrer qu'en leur tranchant la tête. Mais personne encore n'avait été mordu.

Les prés stridaient de sauterelles dévoreuses qui nous coupaient le foin bien avant les faux et dont le cri cernait Terroua d'une vibration magique. Mon petit frère Cyrille aux douces joues les saisissait entre les doigts, leur tirait les pattes, dépliait leurs ailes, puis, calmement, sans mot dire, les broyait entre deux pierres. Sans le vouloir, j'en ramenais parfois à la maison, dans mes jupes et j'allais vite me secouer sur le seuil pour les cacher à mon frère et leur sauver la vie en quelque sorte.

La chaleur augmentait. La poussière des champs et des prés rougissait les yeux, desséchait la gorge. On s'énervait à tourner et retourner le foin mouillé par les averses, et quand on n'avait pas la patience d'attendre, il fermentait dans les granges. Après la tempête, les hommes trouvaient les blés couchés. Ils se penchaient, prenaient dans leurs bras une gerbe et la soulevaient comme on soulève un mourant ; mais ils refusaient de s'attendrir et la rejetaient d'un coup de pied.

— Les autres années, à cette époque, tout était rentré ! se lamentaient les gens.

— Oui, on est en retard à cause du tonnerre.

XIV

L'AUTOMNE

Au pied des arbres, sur le revers des champs, aux flancs des montagnes, les ombres s'allongèrent. Le soleil, avant de disparaître, se perdit dans le plus humble brin d'herbe, dans la moindre feuille, dans la plus mince des aiguilles de pins.

Ce fut peut-être le moment de l'année où l'on sentit le mieux sa présence. Il n'était plus sur nous, comme en été, mais en nous. Il faisait partie de l'homme, restait dans ses cheveux, dans ses mains, dans ses yeux, et les habitants de Terroua eurent tous une mandorle de saint, même les plus méchants. Saint Herbert, sainte Sidonie, saint Pierre, sainte Agathe. Et plus il s'éloignait, plus la terre devenait semblable à lui, portait sur elle des soleils et des étoiles filantes.

Qu'est-ce que c'est, tout ce rouge là-haut ? demandait Maur.

— Le feuillage des myrtilles et des airelles, bon ! répondait Romaine.

— Moi, je n'aime pas l'automne, disait Emilienne, c'est triste : tout meurt.

Je ne trouvais pas qu'il était triste ce temps où les filles de Terroua, si maigres d'habitude, s'arrondissaient et prenaient des couleurs. Comme les fruits. Elles vivaient sur les prés, assises ou debout, la moitié du jour, et ce laissaient mûrir. Personne ne venait les tarabuster. Il suffisait qu'elles soient là.

C'était un repos. Nous serions bien demeurées ainsi à garder les vaches, jusqu'à la consommation des siècles. Entourées de soleil doux, nous baissions les paupières pour l'accueillir et nous avions, chacune, au bout de nos cils des rondelles de lumière qui papillotaient. Le monde autour de nous était nu et précieux. Nous nous sentions de même, nues et précieuses, et dans nos cœurs pesait une tendresse insolite que la beauté de la terre amoncelait. Quand nous touchions de la main ce qui restait de l'herbe usée par la faux, la sécheresse, les sauterelles et maintenant le bétail, c'était peut-être, sous la paume, aussi indompté que les cheveux drus de nos frères que nous regrettions de ne jamais avoir caressés. Nous l'eussent-ils permis sans ruades ? Les prés, à cette saison, révélaient formes et entailles, avec autant de candeur que leurs têtes quand on les avait rasées. Celle de Barnabé qui me mettait mal à l'aise et que j'évitais de regarder, parce qu'elle était trop aplatie derrière et qu'elle portait une petite excroissance de chair pâle, là où les prêtres ont leur tonsure ; celle de Léonard qui bombait bien au-dessus de la nuque et semblait une provision d'idées et de décisions ; celle de Martin, trop bosselée, et celle de Maur dont la nudité faisait ressortir la délicatesse de l'oreille.

Nous passions d'un pré à l'autre, prenant soin de ne pas abuser de leur pauvreté. Emilienne, qui conduisait notre troupeau, marchait à reculons, tout en tricotant, et lui disait des noms familiers. Arrivée à l'endroit choisi, elle s'arrêtait, s'asseyait en face des bêtes qui s'amenaient, sages, connaissant les limites depuis toujours. Les vaches noires ou acajou avaient un pelage si sensible aux reflets qu'on était tenté, parfois, de s'y contempler comme en un miroir. Moi, je suivais, avec une baguette, chassant les deux moutons et les trois chèvres qui se mêlaient aux autres, pendant que ma grande sœur, les jambes repliées dans le sens de la pente, reprenait son tricot.

Et sur ce sol où ne subsistaient, les derniers jours, plus que des racines, à peine les vaches avaient-elles brouté qu'une forte odeur d'herbe fraîche se répandait dans l'air ; nous étions transportées au milieu d'une profusion de graminées et de fleurs que nos yeux ne pouvaient voir.

*

*　　*

Pourtant une querelle à propos de rien s'envenima, un après-midi de la fin d'octobre, entre mes sœurs et moi. Je les quittai à la lisière du bois qui cernait les plus hautes prairies du village et je disparus dans l'ombre des sapins. Je n'aimais guère la pente trop raide et glissante de cette forêt saccagée par les bûcherons qui s'étaient mis à couper, à tort et à travers, un si grand nombre d'arbres, que la commune avait dû inventer des lois pour la sauvegarder. Sur les troncs abattus, on pouvait lire des lettres et on devinait quel en était le possesseur. R. B. avec un cercle, le signe de famille, voulait dire que le billon appartenait à mon père Benjamin Romyr ; M. E. avec une croix, à Eusèbe Marily ; et celui-ci C. R. avec une étoile, je savais bien à qui c'était.

Je grimpais toujours. Par les éclaircies, montait de temps à autre un son de cloche qui me cherchait pour me rappeler que j'étais gardienne de troupeaux. J'entendais Romaine et Maur chuchoter : « Marceline ? » — « Elle est partie. » — « Oh ! elle fait sa colère... » Et rire.

Oui, il fallait que je m'éloigne et que je marche durant des heures pour que ma colère se fasse et tombe, pour que je redevienne transparente et gaie. Alors, je pourrai songer au retour. Sans le savoir, j'imitais mon père lorsqu'il s'en allait tout seul à Pragnin.

Comme une herbe qu'on suce en la trouvant amère et dont on ne veut se séparer, je mâchonnais mon irritation : « Ils ne sont pas gentils... Personne ne m'aime, j'ai envie de mourir. » A ce mot, un apitoiement très doux m'envahissait : « Pauvre petite Marceline, elle est morte dans la forêt : personne ne l'aimait. » Je pensais aussi : « Et si je ne rentre pas, ils seront bien ennuyés. »

J'étais arrivée sur le plateau où les mulets joyeux passaient leur dimanche. Sous mes pas, les sauterelles s'enfuyaient évoquant les pétales rouges ou bleus des fleurs disparues. Le bruit de leurs ailes était le dernier qui me rattachait encore à Terroua. Je devinais obscurément que je m'éloignais de mon pays habituel ; une audace bizarre me transportait, me faisait oublier mes frères et mes sœurs, la nuit proche. « Les renards vous mangeront ! » disait ma mère aux enfants qui partaient se promener tout seuls. Mais je ne croyais plus aux renards.

Les mélèzes entièrement jaunes recouvraient la montagne. C'est là que nous montions, chaque année, attendre les troupeaux qui descendaient des alpages. On les écoutait des heures avant de les voir et quand on commençait à douter de leur existence, brusquement surgissait la reine des vaches avec sa couronne en obélisque, entre les cornes, que les pâtres avaient ornée de miroirs et d'images des saints. Une fois, je m'étais vue, l'espace d'une seconde, dans l'une des petites glaces de cet autel ambulant et je m'étais plue à me croire bénie par les hôtes du ciel qui m'avaient admise auprès d'eux.

J'avais peine à reconnaître ces lieux que je me rappelais remplis de cris, de bourdonnements, de parfums, et je ne sentais plus sur moi de protection céleste. Ce n'était plus les premiers jours du monde, mais comme après la fin des hommes. L'air sans odeur ne vibrait pas et les ombres avaient cessé d'être autour des arbres qui ne portaient plus d'oiseaux ni d'écureuils. Je redevenais humble, avec un besoin de dormir qui m'alourdissait. J'avais faim. Les dernières myrtilles, noires et flétries sur leur tige sans feuillage, avaient perdu leur saveur. Les raisins d'ours me tentèrent. « Les ours mangeaient-ils ces grains minuscules ? » me demandai-je. J'avais soif aussi et je fus heureuse de trouver une source. Elle se cachait dans un cercle d'herbe et de mousse et j'eus beau me pencher sur elle, je ne pus en apercevoir le fond, ni déceler le courant qui la rendait si froide. Etait-ce donc celle que les Terrouans surnommaient Source-qui-tranche-les-lèvres ? Je bus de son eau et je sentis ma bouche se gercer et mon cœur se resserrer dans ma poitrine comme une île au milieu des glaces. J'eus peur de mourir.

Des branches sèches craquèrent et je relevai la tête.

— Que fais-tu ? me dit Herbert qui se tenait devant moi.

Je crus qu'on l'avait envoyé à ma recherche et je fis mine de partir. Il m'accrocha par la manche :

— Tu les as vus ?

— Qui ?

— Ne fais pas la bête. Je sais que tu les as vus. Je le devine à tes yeux.

Je me débattai, mais il serra très fort ses doigts autour de mon poignet.

— Où sont-ils ?

Puis :

— Je le sais autant que toi.

Il ne voulait pas me lâcher.

— Qu'est-ce qu'ils faisaient ?

Il se penchait, avidement sur mon visage et peut-être *les* vit-il dans ma pupille agrandie, aussi noire et dure que la source.

— Laissez-moi !

— C'est bon, c'est bon. Va.

J'étais libre. Pourtant quand je le vis monter plus haut, je ne pus m'empêcher de lui crier :

— N'y allez pas !

Tiens, tiens !... fit-il en se retournant. Et pourquoi ?

Je ne sus que répondre et je m'enfuis, gardant au creux des paumes la blessure de l'eau froide.

XV

LA NEIGE SUR NOUS

Je n'étais pas seule à savoir...

Et je compris que tous peut-être savaient, le jour où je vis :

RÉMI ET THÉODA

écrits dans la neige, au bord de la route, à la sortie du village.

Aujourd'hui encore, si je découvre des signes semblables, la rougeur me monte au visage et je pense à cet hiver-là, cet hiver où tant de fois, je dus effacer les deux noms. Je prenais soin d'abord que personne ne me voie... Mais ils reparaissaient aux alentours de Terroua. Un matin, la neige était si dure que mes mains furent en sang.

On allait vivre trois mois avec cette substance si belle, qui n'avait rien de terrestre, rien d'humain, qui était pure. On ne pouvait que la souiller, et cela ne tardait pas. Dans le village, les chemins tout de suite étaient noircis ; la toison des moutons blancs se révélait sale, et sale la figure des vieilles gens. Nous étions sales et nous étions pauvres.

Mais Noël prenait tous nos désirs et toutes nos pensées. On l'attendait. Je ne connais dans notre vie nulle attente qui puisse se comparer à celle-là. Seul le mot mystérieux d'Avent évoque notre état d'âme, les semaines qui précédaient Noël.

Et comme toutes les attentes, c'était une période de calme apparent et d'impatience intérieure. Le temps où la terre et les hommes sont immobiles, où les jours semblent d'une longueur infinie, bien que la nuit tombe à quatre heures. On savait qu'un grand Mystère allait se renouveler. On était prêt à l'accueillir, avec la même foi que celle qui me fit trembler le jour où Sidonie m'avait dit dans une grange : « Regarde derrière le tas de foin, sous le foulard il y a un nouveau-né. » Et je l'avais cru, je voyais l'étoffe se soulever au rythme d'une respiration, je sentais le poids du petit corps sur l'herbe sèche. Ma sœur avait ri. Il n'y avait rien.

Toutes les peurs et les rancœurs étaient oubliées. Quelqu'un pensait à nous. On n'était plus abandonné. Quelqu'un allait venir. Il ne nous méprisait pas. Pour mieux nous ressembler, Il avait choisi une demeure comme on en compte une vingtaine à Terroua : une étable, avec peu de bêtes dedans. Il nous aimait malgré nos péchés. On a tellement besoin d'être aimé.

Il passerait dans le village. Avant la messe de minuit, nous mettions une poignée de sel sur le rebord de nos fenêtres pour Son âne, et nous savions qu'au retour, à la place du sel, il y aurait des bonbons et des jouets déposés par l'Enfant. Nos mères et nos sœurs nous entraînaient dans la nuit. On se laissait mener, on s'empêchait de dormir.

Il était venu !

Vous êtes venu tant de fois. Viendrez-vous encore ?

Je songe que vous aviez de ces mains douces comme en ont les tout petits, de ces mains qui ne savent pas prendre et qui laissent tomber ce qu'on leur donne. Et un torse bien rond que Marie encercle de ses doigts, et des pieds nus levés qui battent l'air, des pieds qui marchent dans le ciel avant de marcher sur la terre.

Vous êtes si faible, bien que vous soyez Dieu ! Vous êtes à la merci des hommes. Ils vous adorent et vous crucifient avec tant de facilité.

Vous leur avez donné trop de force et trop de vie. De cet excès de vie, ils font la Mort, la mort du corps et celle de l'âme.

*

*   *

La neige était sur nous. On la voyait en couche épaisse dépasser les bords des toits et s'arrondir au-dessus de nos têtes. Mais la vie refusait de se laisser ensevelir. Les écuries fumaient, pleines de souffles tièdes et de bruits de sonnailles. Le long des pentes, le petit ruisseau qu'on distinguait à peine en été, parmi les herbes, était devenu un énorme torrent, au cours impétueux bien que figé, n'ayant plus de rapport avec sa forme primitive. Il avait suffi de quelques gouttelettes et d'un peu d'eau refoulée, coulant sur la surface, pour créer ces embâcles et ces bosses trop lisses sur lesquelles il n'y aurait eu aucun espoir de se retenir. On surprenait, à travers la glace, une palpitation aussi troublante que celle d'un cœur. Plus loin, l'eau surgissait, noire et forte, avec un grondement qui vous inquiétait, l'oreille habituée au silence l'ayant oublié.

La passion de Rémi et Théoda, de même, était muette, sous-jacente. On la sentait à peine vibrer sous leur indifférence extérieure ; brusquement, elle éclatait aux yeux de tous. Quand ils se rencontraient dans la rue, ils se portaient l'un au-devant de l'autre, comme s'ils devaient se transmettre un message très grave et jamais dit, puis ils passaient sans échanger un regard. Quand ils étaient assis dans une salle, en notre compagnie, ils semblaient ne pas se voir, ne pas s'entendre ; soudain l'un des deux se levait pour aller vers l'autre, oubliant notre présence, et ce n'était qu'au dernier moment qu'ils se la rappelaient.

Nous avions reçu une nouvelle lettre de Léonard, datée de Hanoï.

Il nous souhaitait la bonne année et nous disait qu'il avait connu quatre mers pour arriver en Chine : la Méditerranée, la mer Rouge, – la seule qui nous fût familière, grâce à l'histoire des Hébreux que nous apprenions par cœur à l'école, – puis l'océan Indien et une partie de la mer Chinoise.

Il nous donnait le nombre de jours exacts de chaque traversée. Il nous parlait aussi d'un cyclone, et Marcien nous expliqua que le vent faisait sur les vagues, ce qu'il fait chez nous sur la neige quand il souffle très fort et qu'on le nomme : « la tourmente. »

— Il soulève l'eau en grandes colonnes qui tournent et, des deux bras, il esquissait le geste.

— Comment sais-tu tout cela ? demanda tante Agathe.

— Oh ! moi j'ai aussi voyagé, répondit-il.

— Oui, tu n'es pas allé bien loin.

Et la vieille tante, se renfrognant, devenait en face de Marcien un obstacle, mettant fin à tout ce qu'il aurait pu nous conter encore.

— Que dit-il ensuite, Léonard ? suppliait Romaine.

Mon père relisait une troisième fois. Il n'y mettait aucune complaisance, c'était même un effort pour lui. Dans sa manière de bien saisir les faits, qui l'effrayaient pourtant, et de nous les livrer, il y avait quelque chose de douloureux. Les lettres de son fils n'appartenaient qu'à lui, son autorité se révélait ici totale, et celle de ma mère s'effaçait durant ces heures-là. Il continuait :

— *« ... Nous avons pris la Chaloupe pour remonter pendant quatre jours le fleuve Rouge jusqu'à Hanoï. Je vous dirai que Hanoï c'est la capitale du Tonkin, et qu'une Chaloupe c'est un petit bateau qui navigue sur les fleuves et qui est du même genre que les bateaux de plaisance qu'on voit sur le lac de Genève. »*

Ma mère s'inquiétait de sa santé.

— *« ...Ici à Hanoï, je ne suis pas trop mal : la nourriture est satisfaisante et on touche un demi-litre de vin tous les jours ainsi qu'une ration de tafia. Quant à la température elle est tout à fait différente de celle de l'algérie ; au lieu de voir un ciel clair et beau comme en afrique, c'est tout le contraire ici, il n'y a pas beaucoup de soleil. Il pleut presque tous les jours, c'est ce qui occasionne les fièvres... »*

Nous écoutions et notre esprit avait du mal à imaginer ce dont il parlait, car même les choses auxquelles il les comparait nous étaient inconnues. Peu d'entre nous avait vu le lac de Genève et ses petits bateaux de plaisance. Mon père, Marcien, peut-être.

Léonard avait joint à sa lettre une carte postale représentant un village chinois du Kinh-Luoc.

— C'est un village qui ressemble aux baraques des foires, remarqua Sidonie.

— Oh ! fit Romaine, choquée.

Mais c'était vrai. Le mur d'enceinte et les portes, surmontées de bêtes tordues, avaient l'air d'être en bois laqué blanc, décoré, par place, d'images peintes.

On entendit sonner la cloche de Terroua.

— Marceline : l'Angelus ! ordonna ma mère.

C'était moi habituellement qui devais le dire.

J'ouvris la bouche, persuadée que les mots viendraient d'eux-mêmes s'y former ; mais j'avais oublié les paroles.

— Commence !

Je ne trouvai rien. Pour aider ma mémoire, je me mis à murmurer mentalement des débuts de prières, de n'importe quelle prière ; ce n'était jamais la bonne. Ma mère crut à un caprice :

— Têtue ! Veux-tu prier !

Par orgueil, je refusais de révéler la véritable raison de mon silence : je ne savais plus l'Angélus. Aussi, restais-je debout, muette, les joues en feu, la mine sombre, n'osant regarder personne.

— Ah ! ça ! s'exclama notre mère.

Puis se tournant vers ses filles

— Emilienne, dis-le à sa place.

Cachée dans un coin, honteuse et triste, sachant bien que la punition serait sévère, j'écoutais Emilienne réciter :

— « Et le Verbe s'est fait chair... »

Tandis que les autres répondaient :

— « ... Et il a habité parmi nous. »

XVI

VEILLÉE

Toute cette neige qui s'étendait à perte de vue nous donnait la nostalgie de la terre. Nous avions besoin de son odeur et de son calme, de cette stabilité qui n'appartient qu'à elle. Et nous aurions bien creusé dans la glace, s'il avait fallu, pour la retrouver, ne serait-ce que de la grandeur d'un pas. Mais les sapins au-dessus du village en avaient gardé pour nous à l'abri de leurs branches. Nous montions là-haut, après la classe, fouler un peu de ce sol noir dont nous étions sevrés.

La place manquant, les uns devaient attendre dans la neige que les deux ou trois autres eussent pris leur part de terre. Ils la prenaient dans une sorte de piétinement dansant et silencieux qui nous plongeait dans une apaisante exaltation. Heurtant du talon cette matière à la fois molle et vibrante, il nous semblait communiquer avec les autres parties du monde dont c'était ici le point sensible, le cœur.

Ce petit îlot d'humus jonché d'aiguilles mortes fut visité si souvent par les enfants de Terroua que nos parents se demandèrent à quel jeu bizarre il était destiné. Eux-mêmes se lassaient de l'hiver. Dans leurs chambres chaudes, les moins tendres faisaient fleurir un œillet ; il nous arrivait d'assister, dans la rue hostile et dure comme un glacier, au passage glorieux d'un pot de fuchsias ou de cyclamen que les mains des jeunes filles prenaient soin d'élever au-dessus de nos têtes, de peur que nos souffles mêlés à ceux du froid ne les ternissent. Ces sorties les amenaient à l'église où ils ornaient les autels, puis ils repassaient dans la rue. C'est pourquoi dans les demeures on pouvait déceler un parfum d'encens que les fleurs nous rapportaient.

Théoda n'avait pas de fleurs à offrir pour la messe et, derrière ses vitres, on n'en distinguait aucune.

— J'ai bien mieux, affirmait-elle, j'ai vingt-quatre flammes.

Trop intimidés par elle pour la questionner, nous cherchions ce que cela voulait dire.

— Tu brûleras un jour dedans ! maugréait tante Agathe.

Elle seule osait répondre ainsi à notre belle-sœur. Nous écoutions avec un malin plaisir ces malédictions, sans savoir que la souffrance atteignait déjà Rémi et Théoda. Ils avaient mal l'un de l'autre. Comme ils ne connaissaient qu'un remède, ils se mirent à le prendre imprudemment, presque sans se cacher. Dans le village, les propos couraient : « Herbert les a trouvés dans sa grange. »

— « Moi, je les ai vus au cimetière... » On inventait peut-être.

Mes parents n'entendaient rien, ne voyaient rien. On se gardait bien de leur répéter quoi que ce soit ! Et à Barnabé encore moins.

Théoda dut sentir peser sur son corps l'inquisition des Terrouans qui ne cherchaient plus qu'une chose en elle : le péché. Une autre femme n'aurait pu le supporter, n'aurait pu continuer, mais l'orgueil de Théoda transmuait l'hostilité en crainte, le mépris en admiration. Devant elle, les commères cillaient, les hommes s'arrêtaient de parler.

*

*   *

Un soir que je faisais mes devoirs avec Romaine et Maur dans la grande chambre où veillait toute la famille, un coup fut frappé à la porte et Rémi se montra avant qu'on ait eu le temps de dire : « Entrez ! »

Un dôme de neige fraîche recouvrait ses cheveux, lui donnant l'apparence d'un vieillard. Il nous regarda tous, et Théoda aussi qui était là, comme s'il avait désiré nous poser une question. Puis il fit mine de repartir. Mon père le retint :

— Reste un moment.

Quand il était entré, j'avais éprouvé une honte étrange. J'aurais voulu ne plus faire partie de la famille, être quelqu'un d'autre. Je me mis devant l'une des fenêtres, le dos tourné à la salle, et je me fâchai contre la vitre qui me la rendait avec tous ceux que je refusais de voir.

Ma mère m'interpella :

— Que regardes-tu par la fenêtre ?

Je rougis, mais déjà l'on ne s'occupait plus de moi. Je me glissai sur le banc à côté de Maur et là je fus prise d'une envie de pleurer. Entre mon visage et les veilleurs, un petit rideau de larmes s'interposa ; je les laissai couler le plus discrètement possible. Ce désespoir, peu à peu, me consola, se fit douceur et abnégation.

Maur me poussa du coude.

— Sois avec nous, murmura-t-il.

Notre mère oubliait de nous envoyer au lit. Plus personne ne parlait et l'on eût dit que tous attendaient la phrase que Rémi allait prononcer. Théoda le fixait des yeux. Alors, au milieu de nous, il se leva pour la rejoindre. J'eus peur, je crus qu'il ne nous voyait plus ; il vacilla comme étourdi et revint à sa place.

Théoda s'était dressée.

— Où vas-tu ? demanda Barnabé.

— Laissez-moi sortir !

D'un mouvement brusque, elle se défit des bras d'Emilienne qui avait tenté de la retenir. Mais elle devina que son impatience avait donné l'éveil et qu'elle eût pu s'évader si elle s'y était prise autrement. Sans rien dire, elle se remit sur sa chaise.

Elle y devint lourde, si lourde que j'en ressentis une grande fatigue. Il me semblait que je la portais sur moi et que tous ceux .de la veillée la portaient aussi. Elle respirait sans bruit, très profondément ; je le voyais au mouvement de son buste. Une ombre cernait sa bouche et ses paupières s'étaient abaissées.

— Nous irons bientôt jeter de la terre sur les champs de seigle pour que la neige fonde, disait mon père.

Mes frères et mes sœurs essayaient d'écouter sans y parvenir, seule ma mère répondait oui. Maur s'était endormi. Je regardai de nouveau Théoda. Elle avait ramassé les plis de sa jupe et les maintenait sur ses genoux, les deux mains croisées. On aurait pu croire qu'elle était partie. Elle avait un air si calme que nul dans la chambre n'aurait rien eu à redire.

Ce soir-là, Romaine et moi nous raccompagnâmes chez eux tante Agathe, Barnabé et sa femme.

Sur la neige durcie, dont la surface avait gelé ces derniers jours, était tombée une nouvelle couche très molle, volant au moindre souffle. Nous étions dans un monde sans résistance et vide, recouvert de ténèbres, et le temps n'existait plus, ni le village, ni ceux que nous avions laissés à la maison.

Mais ce qui advint en route fut à ce point inattendu que, serrés les uns contre les autres, nous n'eûmes pas l'esprit de faire un geste. Aussi doucement qu'une feuille, Théoda s'affaissa. Elle était, sur la neige, à nos pieds, si différente de toutes les Théoda que nous connaissions, si humble ; nous ne pouvions croire qu'il s'agissait d'elle. Où était la vraie Théoda ? Où se cachait-elle ?

Un cri s'éleva près de nous. Ce cri, je me souviens, s'enfonça dans nos poitrines comme un poignard joyeux, le poignard d'une fête où l'on se serait tué par plaisir.

Rémi, qui avait surgi de l'obscurité, s'était jeté sur le corps de Théoda et l'emportait.

Cherchant à le rattraper, nous repartîmes sur ses traces. Mais il avait pris de l'avance. Contre ma joue, je sentais le châle noir de tante Agathe, plein de poussière de neige. Elle respirait bruyamment et grondait :

— C'est un fou ! J'ai toujours dit qu'il était fou.

Nous nous heurtâmes à la maison de Barnabé. La porte était close et de la lumière brillait au carreau. Tante Agathe entra la première, mon frère aîné suivit ; mais sur le seuil de la chambre, ils eurent une hésitation. Espérant voir aussi, nous nous glissâmes derrière eux. J'aperçus Rémi debout devant le corps allongé de Théoda qui reposait, les yeux fermés, au milieu du grand lit à colonnes. Une clarté de cierges l'entourait. Je la crus morte. En regardant mieux, je me rendis compte qu'elle respirait et je vis ce qui m'avait tant étonnée d'abord, je vis qu'elle était étendue sur des peaux de renards.

La dignité de Rémi, cette ferveur sombre qui se dégageait toujours de lui et de Théoda, lorsqu'ils étaient ensemble, fut peut-être ce qui nous retint. Même Barnabé ne se décidait pas à pénétrer dans la chambre. Etait-ce bien chez lui qu'il arrivait ? Mais l'habitude l'emporta sur ce respect inexplicable. Il s'avança vers le lit et Théoda me fut enlevée. Quand je voulus, à mon tour, m'approcher de la couche, ma tante me repoussa méchamment :

— Allez vite à la maison appeler votre mère ! Et nous nous trouvâmes, Romaine et moi, devant une porte fermée.

XVII

LES MASQUES

Le lendemain de la chute de Théoda, tante Agathe se contenta de nous dire que notre belle-sœur avait glissé sur la glace et qu'elle était déjà remise. Plus tard, nous apprîmes que Joseph Barraz avait reconnu Rémi, tranquille comme une statue et tout blanc de neige, devant la demeure de Barnabé : « Il est resté jusqu'à l'aube... »

Et un soir, paraît-il, mais cela je ne puis l'affirmer, une troupe de garçons frappèrent très fort à la porte de mon frère. Il n'alla pas répondre, devinant qu'il s'agissait d'une mauvaise plaisanterie. « Nous apportons un cadeau à ta femme », avaient crié les farceurs. Au matin, Barnabé aurait découvert, appuyées contre le chambranle, une dizaine de verges. Théoda s'en était servie comme petit bois.

Il y eut encore la couverture de renards qui ne passa point inaperçue. On en parla dans le village. On insinua que le cordonnier était bien trop piètre chasseur pour ramener vingt-quatre renards à sa femme, car on les avait comptés : il y en avait vingt-quatre cousus ensemble et du plus beau poil, celui de l'hiver.

Ces racontars nous faisaient souffrir et nous humiliaient. Certains jours, je rentrais à la maison, toute pâle, le corps agité d'un tremblement, Mais jamais, avec mes frères et mes sœurs, nous n'échangeâmes une parole à ce sujet.

Le malaise qui pesait sur nous ne se dissipait pas. Au contraire, il allait en empirant et prit les formes les plus diverses et les plus étranges.

On trouva des poules égorgées le long des chemins. Il n'y avait pas une trace de sang. On aurait dit des feux allumés dans la neige. Leur plumage roussâtre que je croyais commun, était au milieu de tout ce blanc, d'une richesse et d'un luxe dont je ne me serais pas doutée. C'étaient de grands oiseaux rares qui auraient traversé des ciels inconnus avant de choir sur le sol de Terroua.

Les femmes se lamentaient :

— Ma meilleure pondeuse !

— Ah ! je voudrais bien l'étrangler la bête qui nous a fait ça !

— Elle leur a sucé le sang jusqu'à la dernière goutte...

— Sûrement un vampire ! s'était moqué Marcien qui se souciait peu des basses-cours, n'en possédant pas lui-même.

Une battue fut organisée, on posa des pièges, on veilla des nuits entières. Rien ne se montra.

Mais d'autres personnages surgirent, tout aussi mystérieux et peut-être doués d'un pouvoir maléfique. C'est, du moins, ce que nous les enfants avions coutume de penser des masques qui faisaient leur apparition à la veille du carême. L'effroi et l'amour qu'ils nous inspiraient étaient aussi vifs l'un que l'autre. Nous n'avions plus, devant nous, des hommes et pas davantage des animaux, nous ne savions plus ce que c'était. Séduits et intimidés, nous les suivions de porte en porte, partagés entre le désir de tirer leurs camisoles et la crainte de leurs représailles.

Nous en vîmes un, cette année-là, qui nous impressionna fort. En comparaison des autres, il nous semblait somptueusement vêtu. Il portait un corselet de soie orange, un foulard grenat autour du crâne, et sur ses pantalons étaient cousus des grelots qui rendaient le même son que ceux des mulets. Ses gestes et sa voix étaient d'un monsieur, et il exerçait sur ses comparses une autorité qui fit tout de suite de lui le Roi des masques. Ils avaient tous la figure cachée sous la même visagère, ovale et plate, découpée dans du carton peint, et retenue par des ficelles, avec deux trous pour les yeux et un troisième pour le nez muni d'un petit avant-toit conique d'où s'échappait la fumée de la respiration, visible dans l'air froid. Cette petite vapeur était peut-être l'unique preuve de leur humanité, le lien fragile qui les attachait encore à nous et les rendait, comme nous, vulnérables et pauvres.

Celui que nous admirions était arrivé seul dans le village, par la route du Levant. D'où venait-il ? Qui était-il ? Nous n'osâmes le suivre qu'à une certaine distance. Il entra dans les premières maisons et, de chacune, il ressortit, accompagné d'un ou deux autres masques déguisés à l'aide de vieux habits de dessous mis par dessus, de chapeaux posés à l'envers sur leurs têtes. Plusieurs avaient des jupes. Ce ne pouvaient être des femmes, car les femmes n'osaient pas se masquer. De celles, très rares, qui enfreignaient ce principe, le curé disait que le diable leur donnerait une fois, pour de bon, la figure qu'elles se mettaient pour rire. « Et les garçons ? » avait demandé Romaine. — « Oh ! eux, ils s'inquiètent moins de leur minois », avait répondu le curé, en haussant les épaules.

Ils furent bientôt une dizaine. Ils envahissaient les ménages, furetaient dans les cuisines, soulevaient le couvercle de la marmite, empoignaient la fille ou la femme et la faisaient valser de force. Les gens n'aimaient pas beaucoup ça, mais ils évitaient de les chasser et leur offraient même parfois un morceau de viande ou un verre de vin. Seule, tante Agathe se permit de les rabrouer :

— Allez-vous-en ! avec votre commerce de Babylone !

De maison en maison, nous finîmes par arriver dans celle de Barnabé. Théoda se trouvait près de l'âtre. Avant qu'elle n'ait eu le temps de se défendre et de crier, le roi des masques la souleva dans ses bras et s'enfuit.

— Barnabé ! on te vole ta femme ! crièrent les autres qui avaient laissé la porte ouverte et s'étaient alignés de chaque côté.

Théoda mordit l'épaule de son ravisseur. Il resta impassible ; mais elle se retrouva debout, au milieu de la cour, les plis de sa robe tombant bien droit.

Mon frère s'était avancé sur le seuil. Le masque fit une grande révérence à Théoda et lui tint un langage dont les expressions nous parurent très choisies.

— Madame, celui qui vient de l'autre côté du monde a le plaisant plaisir de vous connaître depuis longtemps, plus longtemps que vous ne croyez. Il connaît vos pensées, il voit le présent, il distingue l'avenir.

Quand il cessait de parler, il imprimait à ses jambes un tremblement qui mettait tous les grelots en branle.

— Madame, poursuivit-il, je sais que votre cœur reçoit ceux qui le méritent : les bons cordonniers et les mauvais chasseurs. Je ne suis ni l'un ni l'autre, mais vous ne pouvez...

Théoda écoutait, dédaigneuse, nullement gênée.

— Madame, le bijou que je préfère, vous n'ignorez pas lequel c'est. Le vôtre est certainement le plus précieux de tous, vous aimez à le faire briller sous la lune et sous le soleil...

Il ricanait et ses compagnons, derrière lui, riaient. Cette fois, je compris qu'on allait insulter Théoda. Publiquement. Etait-ce possible ?

— Votre mari à qui je présente mes respects... ferait bien de surveiller le trésor qu'il possède, car bien entendu il le possède, il en est le maître, le seul et vénéré propriétaire.

Un éclat de rire, très vite éteint, accueillit ces dernières paroles. Des voisins attirés par le bruit, curieux de s'amuser, s'étaient amassés dans la rue.

Barnabé se contentait de sourire. Il supportait l'intrusion des masques de la même manière qu'un homme poli reçoit les importuns qu'il ne veut pas blesser. J'étais très mal à l'aise. Je devinais que le beau parleur lui cherchait noise, qu'il essayait de le piquer. Mais lui, continuait de sourire sans avoir l'air de se douter de rien.

Théoda s'était approchée doucement de l'homme masqué. Elle lui murmura quelque chose à l'oreille. Ceux qui étaient près d'elle, prétendirent qu'elle avait dit :

— Viens, que je te donne un baiser.

Alors, d'une chiquenaude, – et tous nous fûmes émerveillés qu'il ait suffi de cela, – elle fit tomber la visagère.

Herbert apparut.

— Et maintenant, dis-moi en face ce que tu veux me dire ! cria-t-elle, triomphante.

Il ne s'était pas attendu à cette scène.

Malgré son don de la parole et les termes élégants qu'il aimait à employer, il ne trouva rien à dire.

Son premier mouvement fut de remettre son masque, mais ce morceau de carton peinturluré semblait, dans ses mains, si ridicule et inoffensif, qu'il n'aurait pu lui demander protection, et se cacher derrière lui n'eût fait qu'accentuer sa déconfiture. D'ailleurs, tout le monde l'avait reconnu. On était surpris qu'un homme si respectable se fût déguisé. Ces jeux étaient bons pour les libertins et les maroufles, et cet étonnement un peu moqueur faillit lui faire perdre tout son prestige.

— Herbert ! tu n'as pas le dessus ! Tu n'as pas le dessus ! persiflaient les gens.

Il ébaucha un geste et peut-être un discours ; mais il ne sut que hausser les épaules et murmurer :

— Les aveugles sont les aveugles.

Ce qui ne voulait pas signifier grand-chose. Puis il s'éloigna, et ses comparses abandonnèrent la cour à regret.

Nous les suivîmes en sautant à cloche-pied, mes sœurs et moi, heureuses de l'issue de l'affaire.

XVIII

CARÊME

Le mercredi, il n'y eut plus trace de masques. Chacun reprit son visage de tous les jours et les habits de couleurs retournèrent aux greniers. A la messe, nous reçûmes tous une pincée de cendres sur la tête pour nous rappeler que nous étions poussière et rien que poussière.

L'exode printanier des gens de Terroua commençait. Nous regardions avec envie les premières familles descendre à Pragnin, dans des bourrasques de neige. Mais le printemps d'en bas, le printemps de la plaine, nous le humions déjà. La Vallée, dépouillée de sa brume, s'exhaussait, prenait une valeur double ; et ses prés étaient comme de l'ambre qui aurait mûri au fond des mers de brouillard. « Ils verdissent », annonçaient les gens. D'ici nous ne pouvions le voir ; c'était plutôt à la netteté intense de la plaine qu'on devinait un changement. Ce fut notre tour de partir, avec le traîneau, les bagages et les bêtes.

Le passage des neiges à la terre ferme nous émouvait toujours. Arrivant d'un monde précaire, sujet aux mirages et dangereux, nous avions brusquement conscience d'une solidité réelle qui bloquait l'élan de nos traîneaux et nous faisait ressentir jusqu'aux entrailles l'instant douloureux de cette rencontre. Il nous semblait alors que tout était arrêté, que la vie suspendait son cours. Et descendant de nos fragiles embarcations de bois, nous nous mettions à marcher sur ce sol qui était pour nous la *terre*.

Le feuillage rampant et dur des raisins d'ours qui luisait sous les pins était la première plante de ce pays d'au delà l'hiver. Les cailloux du chemin tintaient sous les fers et les clous ; les murs des vignes se dressaient, aussi forts que les remparts des cités.

Au moment d'atteindre Pragnin, le soleil l'éclairait chaque fois.. Peut-être n'était-ce que l'or mat et doux des prés qui m'incitait à le croire ? Et les toits du hameau, tendres comme un plumage, je les voyais, je les sentais frémir...

Nous avions compris. Tout ici vibrait d'une vie née avant la nôtre et qui ne s'en était pas préoccupée. Une absurde timidité nous envahissait ; nous cherchions à la voiler sous des airs bravaches d'immigrants.

Les jours qui suivaient, au lieu que progresse ce mouvement de la nature, nous remarquions, surpris, qu'il n'était que patience. La neige nous cernait encore et les marais de la plaine se recouvraient de glace. Ce n'était pas encore le printemps.

Un après-midi, le fœhn se levait. On l'entendait d'abord en soi-même. Il était la voix de toutes nos vies anciennes, de tous les carêmes de Pragnin ; notre âme l'avait conservé en elle.

Mais il nous dépassait ; nous étions submergés. Ce vent avait la violence des flots, il ne connaissait pas la mesure. Pour subir l'assaut des vagues si fortes et pourtant invisibles qui déferlaient dans la grande Vallée, il fallait que nos demeures fussent bien ancrées, que nos moutons mordent profondément aux racines, que les femmes maintiennent leurs jupes à leurs pieds.

Lui seul avait le pouvoir de séparer les eaux d'avec la boue, de recréer les herbes et les fleurs. Il allait partout, là même où le soleil ne pouvait pénétrer et son souffle tiède réchauffait le monde. Quand il arrivait, nous accourions au-devant de lui. Ce n'était plus Rémi et Théoda qui emportaient mon âme, c'était le fœhn. Mon âme luttait un instant, refusait de se laisser arracher. Le vent savait la prendre on ne lui résistait pas.

Dans le bruit du fœhn, nous percevions parfois un léger son de grelot – non pas celui des mulets ni des chèvres – qui nous rendait silencieux. Des fillettes de notre âge, mais combien différentes, surgissaient d'un nuage de poussière, dans une voiture tirée par un âne. Elles avaient un air de Fête-Dieu d'avant le temps, car elles étaient toujours vêtues de robes blanches et leurs chevelures se répandaient sur leurs épaules. Oh ! cette gloire des longs cheveux ! nous ne pouvions que l'admirer, les nôtres étant habitués aux nattes et aux résilles. Mais les rires et les voix de ces petites filles nous étonnaient, nous inspiraient de l'inquiétude. Ils étaient plus hauts et plus clairs que les rires et les voix d'ici. Leur voiturette franchissait sans trembler, sans que la crinière de l'âne se soulevât, les obstacles et les tourbillons du fœhn. Nous apprîmes que ces enfants venaient de la capitale. Pragnin faisait partie de leurs promenades de carême et les villages des alentours recevaient aussi leur visite. Pour nous, c'était le vent qui nous les amenait, comme il nous apportait le carillon des églises lointaines.

Certains Terrouans ne songeaient qu'à le haïr. Les nerveux se plaignaient, perdaient leur douceur. Seule, Théoda gardait la sienne, cette douceur qui m'avait bercée durant ma maladie, cette violente douceur qui avait envoûté Barnabé, ah ! oui, qui l'avait rendu aveugle et sourd. Pour lutter contre le fœhn, elle avait des gestes alentis d'amoureuse ; autour d'elle, le vent s'apaisait toujours. Elle demeurait en équilibre, pendant que les autres vacillaient ; c'est à peine si sa robe s'évasait dans le bas, comme pour donner à son corps un piédestal plus ample.

— Ecoutez !... nous disait-elle.

Nous tendions l'oreille. Le mugissement était si vaste que nous l'avions oublié.

— C'est le bruit de l'Océan.

— Tu le connais, toi ? lui demandions-nous.

Elle se moquait :

— Autant que vous !

Pour tante Agathe, c'était le Sabbat. Elle distinguait tous les cris dans le vent :

— C'est le loir et le loup.

Elle s'arrêtait :

— Maintenant, j'entends la bête.

La bête descendait jusqu'à Pragnin sucer le sang de nos poules. Deux ou trois, par semaine, agonisaient sur les cailloux. Personne encore ne l'avait vue.

Puis le fœhn cessait. Il s'était retiré. On ne le voyait plus, mais son écume restait encore, blanche poussière, sur le feuillage des buissons et le revers des prés. Dans l'air, dans le village toujours crispé, aucune détente : il allait revenir.

Ma mère n'aimait pas le vent :

— Il sème le désordre.

C'est vrai qu'il suscitait la révolte en nous. Il proférait des mots que nous n'aurions jamais osé dire, d'énormes blasphèmes, d'énormes cris de joie. Il nous grisait, il insufflait de l'audace. Mais il ne fallait pas trop écouter le vent. On croyait d'abord qu'il était la force, mais peu à peu on devinait sa lassitude. Il chantait le néant. L'exaltation dans laquelle il nous avait mis tombait d'un coup.

Il n'y avait rien ! il n'y aurait jamais rien !

Et les hommes avaient crucifié Dieu !

On ne nous faisait grâce d'aucun détail. Toutes les souffrances de la Passion étaient énumérées. On écoutait, presque indifférent. Chaque matin de la Semaine Sainte, nous montions à Terroua pour assister à la messe. Oh ! la boue des chemins que nous apportions dans l'église !... On s'agenouillait, étourdi par la marche, heureux de murmurer ses prières, de se laisser envahir par une inquiétude faite de fatigue ;

mais soudain la chasuble violette, les ornements voilés de crêpe des autels, sans fleurs et sans lumière, nous rappelaient la grande injustice commise envers Dieu, et nous sentions peser sur nous le terrible malentendu qui existerait toujours entre l'homme et Lui.

En grandissant, je me mis à redouter cette Semaine et cette histoire qui revenait avec la ténacité d'une saison qu'il me fallait subir et traverser.

Avec le désir de fuir, je pénétrais dans le jardin des Olives. Et ce jardin, que je n'essayais même pas d'imaginer, obstinément il devenait cet enclos de poiriers pris entre les maisons de Pragnin, un petit verger immense : les branches ramifiées et la vieillesse des arbres lui conférant une perspective incontrôlable. Là, je savais que Dieu avait connu la détresse humaine et que Lui aussi avait dit : « Mon âme est triste. » Sa douceur et sa connaissance de tout ce qui allait lui arriver me plongeaient dans un état de pitié, par instant, intolérable, que le mystère de certains mots tels que *le champ du sang* et *la robe sans couture* ne parvenait pas à distraire. Et mon angoisse, que je tentais en vain d'oublier, allait en augmentant jusqu'à l'heure où le Christ avait crié sur la croix : « Mon Dieu, mon Dieu, pourquoi m'as-tu abandonné ? »

Nous sortions de l'église, surpris de voir le ciel encore bleu. Courant à travers les prés mous, nous redescendions sur Pragnin, si vite que nous ne pouvions plus nous arrêter, et nos cris de joie devenaient des cris de peur.

A la maison, les harengs nous attendaient sur la table, ces poissons d'or aux reflets précieux, si beaux et méprisés, créés pour les pauvres et les jours de jeûne ; nous en aimions le goût sapide qui nous assoiffait. De tout le carême, nous ne mangions pas un morceau de viande. Mais notre père nous préparait, de temps à autre, avec le lait des vaches qui venaient de vêler, un flan cuit dans un grand moule caché sous la cendre.

Lors d'un de ces retours de messe, au mois de mars, Barnabé m'appela, me retint à une bonne distance derrière mes compagnes, et après m'avoir demandé si j'étais sage à l'école, si je priais bien, il baissa la voix :

— Je voudrais savoir, maintenant, ce que tu voulais me dire à propos de Théoda, l'été dernier. Il m'a semblé que tu avais une idée contre elle...

Troublée par cette question à laquelle je ne m'attendais pas, je balbutiai d'abord un mensonge :

— Je ne sais pas... Je t'ai parlé un jour d'elle ?

« Il a des soupçons », pensais-je. Ce matin-là, le fait que Barnabé fût au courant de la vérité m'apparaissait comme une catastrophe.

— Oh ! je vois bien que vous êtes tous à dire du mal d'elle...

— Barnabé !

— Et ce que vous lui reprochez, moi je vous assure que c'est injuste ! Ce n'est pas sa faute, ni la mienne. Mais ça, la mère ne veut pas l'admettre.

J'écoutais. Non, il ne savait pas ce que nous savions. Il se battait avec quelque chose qui nous était inconnu. Et il était tout seul. Et nous ne pouvions pas le comprendre...

Je me mis à l'aimer avec ce mélange de hargne et de pitié, de cruauté et de remords, qu'on éprouve parfois pour les êtres malheureux, surtout s'ils vous sont proches.

XIX

AU CIEL, ÇA NE PEUT PAS ÊTRE PLUS BEAU !

Pâques était un soulagement.

Et les arbres en fleurs autour de Pragnin, ces arbres que l'on ne taillait jamais, dont les branches allaient jusqu'au bout d'elles-mêmes et s'emmêlaient sans se nuire, donnaient au village un air de jardin d'avant le péché.

Mais je l'avoue à ma honte, il advenait souvent ceci : je l'avais tant désiré, ce printemps, j'avais fait fleurir un si grand nombre de fois les arbres que, lassée de ces floraisons illusoires et prématurées, quand leur jour véritable arrivait, je n'étais plus en état de les voir et d'en recueillir la beauté. J'oubliais de les surprendre, je laissais passer la semaine, ou bien je les regardais sans éprouver la joie escomptée, sans être déçue non plus, mais j'eusse préféré que la résurrection eût lieu en un autre moment, cette fête ne coïncidant pas avec mon âme qui était indifférente ou inquiète.

Et je regrettais mon inconscience d'autrefois qui m'avait permis de bien autres visions. Petite enfant, je m'étais endormie dans la hotte de mon père qui me portait à Pragnin. Sortant à peine du rêve, ayant peut-être senti le froid dur de la montagne avant d'être tombée dans le sommeil, j'ouvris les yeux et je vis des lumières qui n'étaient ni aveuglantes ni répandues, mais douces et rondes. On entrait en elles, on était sanctifié, rafraîchi. L'une s'avança vers ma figure – c'était, je crois, une branche de cerisier que mon père, si prudent d'habitude, oubliait d'éviter. Elle s'amollit et se détacha sur moi en pétales... Ce fut comme si un nuage eût essayé de me frapper.

Après Pâques, nous étions de nouveau tous à Terroua, mais l'irrigation et la toilette des prés nous réclamaient encore à Pragnin où l'on se rendait à tour de rôle.

L'eau, qui s'écoulait entre les herbes nouvelles, amenait de la terre, des boisettes et des cailloux ; c'était à nous, les plus jeunes, de râteler ces débris et de les verser dans les haies. Nous descendions avec nos hottes et nos râteaux et une agréable insouciance, car personne ne nous épiait, le village étant vide.

Un des derniers jours d'avril – combien je devais y repenser plus tard ! – je travaillais dans nos vergers, arrosés la veille par mes frères, en compagnie de Romaine qui ne cessait de rire et de mâchonner des feuilles d'épines-vinettes. Leur suc trop acide ne me plaisait guère, déçue de ne pas retrouver sur ma langue, transformée en goût, l'odeur de miel que dégageait avec tant de violence les minuscules fleurs jaunes en grappes, presque invisibles parmi les branches.

Nous étions heureuses dans ce Pragnin que nul ne troublait, élevé, juste ce qu'il fallait, au-dessus de la plaine. En bas, le printemps se révélait moins précoce ; il n'existait même pas encore en face de nous, au pied des grandes montagnes. Nous éprouvions une certaine pitié pour les habitants de ces villages d'ombre et de gel, aux prés de cendre, que nous contemplions du haut de nos vergers, du même regard que celui des élus s'abaissant sur les âmes du purgatoire.

— Leur tour viendra bien, murmurais-je.

— Tu vois, les neiges fondent.., disait ma sœur.

Les eaux du fleuve perdaient leur transparence d'hiver et devenaient glauques. Sur la rive, les arbustes rougeâtres se recouvraient d'une lumière safran qui était le premier feuillage. On donnait le nom d'îles à ces étendues buissonneuses et leurs chemins de sable nous tentaient toujours. Nous nous contentions de les suivre des yeux, malgré notre désir d'y surprendre les faisans dont Herbert nous parlait. Il en avait tué un, quand il habitait la ville, mais notre curiosité n'avait pu nous décider à descendre jusque-là.

Chaque année, à l'époque des hautes eaux, nous regardions le Rhône envahir les terres, former des lacs aux lignes changeantes, dont nous n'aurions voulu pour rien au monde nous approcher. La nuit, je l'écoutais. Je ne m'endormais pas, à l'idée qu'il pourrait monter à la hauteur de Pragnin.

— Es-tu sûre ? demandais-je à ma mère, es-tu sûre qu'il ne viendra pas nous prendre ?

Elle riait.

Non, Pragnin s'était garé de lui, de ses débordements, de la poussière de ses sables, de l'odeur de ses marais. Nous n'avions rien à craindre.

Ce jour d'avril, nous tardâmes à reprendre notre travail. Par instant, la chaleur était si forte, qu'elle semblait nous frapper d'une mort dont nous ressuscitions, grâce à un geste du vent autour de notre cou, de nos chevilles.

Tout nous paraissait doué d'une existence prodigieuse, le moindre rameau et même les pierres puisqu'elles étaient tièdes au toucher. L'air, immobile encore à Terroua, avait ici quelque chose de vivant, et l'herbe, que seule l'eau avait un peu souillée, pliait, se redressait, courte mais drue, en brillant sous les dents écartées de nos râteaux de bois. « Aujourd'hui, pensais-je, il ne peut nous arriver aucun malheur. » Autour de nous, les pruniers en fleurs nous gardaient du mal. Une vertu impondérable émanait d'eux, pareille à celle qui se dégage des habitants célestes. Et je voyais que les arbres avaient un visage, un visage aussi difficile à supporter que celui d'un dieu, d'un archange ou d'un saint, et il me parut surprenant qu'ils puissent se trouver à côté de nos Lumières, de nos ordures, mêlés à notre pauvre vie !

Nos hottes vidées, nous nous laissâmes choir dans l'herbe qui refroidit nos corps.

— Au ciel, ça ne peut pas être plus beau ! s'exclama Romaine.

— Non, ça ne peut pas être plus beau ! répétai-je.

Nous restâmes silencieuses. Je songeais à un homme très fort et doux qui viendrait sur son cheval et me demanderait de partir avec lui. Je lui dirais non, mais je passerais ma vie entière à l'aimer, et personne n'en saurait rien. A quoi rêvait Romaine ? Je n'osais lui parler. Ce fut elle qui commença. Elle me décrivit les costumes des acteurs qui jouaient à Malloès « Joseph vendu par ses Frères », la scène montée sur des tréteaux, dehors, et les spectateurs debout qui regardaient :

— C'était bien plus grand que le théâtre d'ici, et les gens ne riaient pas. Ils venaient des villes. J'ai été le revoir ce pré : ah ! oui, un pré perdu, il n'y avait plus d'herbe. Il n'y avait plus rien...

Quelqu'un passait sur le sentier, au-dessus de nous. Tout en demeurant couchées, nous levâmes les yeux. C'était Barnabé. Il ne nous aperçut pas. Chaque fois que je le voyais, et certainement les autres devaient sentir de même, je reconnaissais en lui, mais grossis, exposés au grand jour, nos défauts secrets, justement ceux que nous refusions de reconnaître en nous : notre peur devant la vie, nos maladresses, notre orgueil. Et le sentiment de plénitude et de victoire qui m'avait remplie durant des heures s'éteignit.

— Il descend arroser, dit Romaine.

— Et sa femme qui ne l'aide pas, murmurai-je, devenant méchante.

Nous reprîmes notre tâche ; mais le bavardage de ma sœur ne réussit pas à me rendre ma joie.

Et ce fut ainsi jusqu'au soir.

Il devait être six heures. Nous nous apprêtions à remonter à Terroua, quand nous vîmes Théoda qui sortait de Pragnin.

— Laissons-la passer, chuchota Romaine.
— Elle est quand même descendue, fis-je, me souvenant de l'avoir critiquée.

Les buissons nous cachaient. Elle eut bientôt sa tête à la hauteur des nôtres et très proche. Pour la première fois peut-être, je voyais le vrai visage de Théoda. Ah ! qu'il était vain de la comparer à quelque chose ! Il n'y avait aucune analogie entre elle et le paysage, aucune fraternité ; la lumière qui affluait sur sa face n'était pas celle des derniers rayons du soleil dont s'exaltait tout ce qui vivait sur Pragnin. Théoda existait, séparée de tout, de la terre, des hommes, du ciel et de l'enfer. Elle ne se confondait qu'avec Rémi, elle n'acceptait d'être que lui ou elle, personne d'autre. Comment Barnabé avait-il pu croire que cette femme serait sienne un jour ? Comment Herbert s'était-il permis de supposer qu'elle agréerait ses avances ? Et moi-même, ne m'illusionnais-je pas en étant persuadée qu'elle me préférait entre tous les enfants du village ?

Nous attendîmes qu'elle eût disparu pour nous mettre en route. Le chemin avait gardé en lui toute la tiédeur du jour, tandis que les haies qui le bordaient, et que nous frôlions de nos mains, s'imprégnaient déjà de la fraîcheur de la nuit. Les merles chantaient. Je les écoutais, mélancolique, car ils tentaient de réveiller la petite joie, cachée au fond de mon âme, qui refusait de s'épanouir.

De temps à autre, nous apercevions, loin au-dessus de nous, la forme de Théoda qui avançait, le bras gauche allongé contre son corps, l'autre, le coude écarté et le poing sur la hanche. Elle s'élevait sans effort. On la distinguait dans le crépuscule, grâce aux manches claires de la chemise de toile, qu'elle avait mise ce jour-là à cause de la chaleur.

Quand nous arrivâmes au village, c'était la nuit. A la fontaine, Théoda sous un châle noir remplissait des seaux. Elle me sembla petite et frêle, et je me demandai si tout ce que j'avais cru voir en elle n'était pas un mirage.

— Bonsoir, dit-elle, sans nous regarder.

XX

L'APPARITION

Romaine, Maur, Cyrille et moi, nous nous préparions à être confirmés. L'évêque ne venait que tous les dix ans dans les paroisses ; aussi était-ce un événement.

Il montait en voiture jusqu'à Cherlogne ; de là, il arrivait sur sa mule que conduisait un valet en frac. Tout le village allait à sa rencontre en procession, mais le président et les membres du conseil nous précédaient pour le recevoir, à la limite des communes de Cherlogne et de Terroua.

Il vint au début du mois de mai. Qu'il me parut beau, Monseigneur ! Il arrivait sur son mulet noir, il arrivait tout doré, avec sa mitre et sa crosse et sa chape. Sa figure était un peu rouge et une grande bonté remplissait son regard. Tout de suite, on l'aima. Nous nous mîmes à genoux, au bord de la route, et il nous bénit d'une main blanche où brillait un anneau.

Secrètement, j'espérais que sa présence parmi nous chasserait les mauvais esprits ; et, en même temps, je tremblais pour Théoda qui se trouvait à mes côtés ; j'étais sûre qu'il reconnaîtrait la pécheresse, malgré la foule.

Vive était ma foi dans les ministres de Dieu auxquels j'attribuais le don de voyance, si vive que, durant bien des années, je me troublais toujours devant un prêtre, persuadée qu'il lisait jusqu'au fond de mon âme. L'évêque passa près de nous, sans même nous regarder. Je pensai qu'il avait fait ainsi par discrétion et qu'il savait tout.

Théoda était ma marraine, Sidonie celle de Romaine, et quand cette dernière fut confirmée, elle devint à son tour la marraine de Céleste.

Nous étions un peu effrayés à l'idée de nous présenter à ce Prince de l'Eglise, assis au centre du chœur, devant la table sainte. Derrière nous, deux enfants pleuraient en songeant qu'ils recevraient de lui un petit soufflet « pour nous apprendre à souffrir avec patience les affronts, les mépris et même la mort. »

— Il ne vous fera pas de mal, disaient les parents pour les consoler.

Nous redoutions moins l'onction faite sur le front avec le saint chrême dont « l'huile signifie la douceur et la force de la grâce ; et le baume, le bon exemple que nous devons donner par la bonne odeur de notre vie. »

Les enfants défilaient, accompagnés de leur parrain ou de leur marraine ; de nouveau je tremblai pour Théoda. Mais quand l'Evêque eut imposé ses mains, je sentis descendre en moi une grande paix et je n'eus plus peur de rien.

*

* *

Après la cérémonie, nous jouâmes dans le village. Nous étions les rois et les reines de Terroua, ce jour-là. On nous gâtait. On nous permettait tous les jeux. Théoda nous acheta un immense cornet de ces bonbons-framboises, arrondis et grummelés, où le bout de la langue trouve une petite place et qui vous blessent le palais, à la longue. Des fenêtres de la chambre, nous nous amusions à les lancer à d'autres gamins dans la rue et, pour voir leurs visages changer, leurs yeux devenir suppliants, nous les faisions attendre.

A quatre heures, notre mère fit cuire l'épais chocolat qu'elle savait si bien préparer en râpant au couteau une tablette noire, et qui gardait en lui un parfum de braise et de résine. Puis nous allâmes tous ensemble nous promener sur le chemin plat qui menait à l'ermitage de Notre-Dame-des-Neiges.

Nous avancions en nous courant après, bousculant parfois nos mères et nos tantes, toutes droites parmi nous qui étions en continuel mouvement. Seule, leur jupe plissée, s'ouvrant en éventail derrière elles, révélait le rythme de leur démarche qui, sans cette aune de drap dansant, eût pu paraître figée. Dans notre joie, nous remarquâmes pourtant que notre mère était soucieuse.

— Oui, disait-elle, je ne comprends pas que Barnabé ne soit pas rentré pour la Confirmation !

— Manquer une fête pareille, comme si elle revenait chaque année ! ajouta tante Agathe.

Théoda expliquait qu'il s'était rendu à son village de Pralence pour s'occuper d'une vente. « Une bonne affaire » insinuait-elle, « avec des gens que je connais là-haut. »

En chemin, nous rencontrâmes Rémi. Théoda eut l'air de ne pas le voir. Elle fut gaie durant tout le trajet. Elle prenait soin des plus petits, elle nous donnait la main et se penchait pour nous chuchoter quelques mots ; mais elle les jetait avec hâte ; quand nous lui répondions, elle les avait déjà oubliés.

« C'est un bel homme », avait-elle dit de l'évêque. Le matin, au moment où l'on s'était tous courbés devant lui, sur la route, elle avait feint de se baisser. Elle ne s'était pas mise à genoux : elle ne voulait pas que sa jupe traînât dans la poussière.

Nous arrivâmes à l'ermitage. Plus qu'en nulle autre, l'obscurité de cette chapelle douait d'une vie trouble les statues des saints et des archanges et celles des démons. Mais au milieu d'eux, protégée par une paroi de verre, Notre-Dame-des-Neiges se tenait debout, toute blanche, dans sa grande robe raide, ornée de guipures, trois colliers enroulés autour d'elle. Et je voyais ses cils vibrer et ses lèvres pâles me sourire...

A des clous étaient suspendus des bras, des mains et des jambes, découpés dans du bois, témoignages de guérisons opérées par la Vierge, et les murs disparaissaient sous des tableaux sombres où se déroulaient des scènes vécues par les fidèles qui l'avaient invoquée dans le malheur. Des gens tombaient d'un balcon, d'un toit ou d'une montagne et rencontraient, au cours de leur chute, un ange envoyé par Elle pour les soutenir ; des époux la remerciaient de leur avoir enfin donné un enfant. L'ex-voto de notre arrière grand-père représentait une maison en flammes qu'une miraculeuse pluie avait sauvée de la destruction. Tante Agathe possédait aussi le sien ; nous ne sûmes jamais très bien ce qu'il figurait ; elle refusa de nous le dire.

Une fois par an, à la mi-été, avait lieu un pèlerinage. Les pèlerins qui venaient de villages très éloignés, la nuit qui précédait la fête, dormaient à la belle étoile, dans les prés, autour de la chapelle.

Le jour de la confirmation, l'endroit était silencieux et nos cris ne réussirent pas à le peupler ni à faire sortir l'ermite de sa demeure. C'était un vieil homme de mœurs paisibles dont l'aspect miséreux et même sordide ne nous effrayait pas. Quand il mendiait au village, on lui donnait du pain, des œufs, des poires séchées. Il paraissait simple d'esprit, mais peut-être était-il plus intelligent que nous.

« C'est lui qui apporte les petits poupons aux mères », nous faisait-on croire. Elles-mêmes se gardaient bien de nous dire qu'elles lui portaient aussi les leurs, s'ils arrivaient au monde mort-nés ou s'ils mouraient sans baptême. Et cela se passait en grand mystère, avant le lever du jour, comme un geste honteux. L'ermite enterrait ces petits corps, dont l'âme ne connaîtrait jamais le ciel, ne verrait jamais la face de Dieu – sous l'herbe, devant la chapelle, ce cimetière sans croix ni fleur, un cimetière pour habitants des limbes, et qu'un regard non averti n'aurait pu déceler.

*

* *

Nos mères et nos tantes, persuadées qu'il allait pleuvoir et plus pressées que nous de rentrer, s'en retournèrent à Terroua.

Nous restâmes à jouer sous les érables. Nos jeux, ce jour-là, nous avaient transportés dans un monde dont nous avions perdu le souvenir, où personne ne pouvait nous atteindre. D'arbre en arbre, nous nous étions éloignés de la chapelle, et nous nous trouvâmes bientôt à l'intérieur d'un bois. Théoda nous avait suivis et s'attardait avec nous. Sa présence nous flattait. Docilement, tout comme une autre fillette, elle participait à notre folie et ne s'en étonnait pas.

Une pluie chaude tombait sur nous, coulait dans notre dos et sur nos poitrines par l'échancrure de nos cols, glissait le long de nos bras par l'ouverture des manches. C'est à peine si nous nous en apercevions. Un bien-être inconnu jusqu'alors nous remplissait de délicatesse. Nos rires étaient devenus des sourires et quand nous causions, c'était à voix basse. Aussi mouillés que les écorces et les feuilles, nous nous mêlions aux branches, sans crainte, oubliant de les écarter et leur eau secouée sur nous s'ajoutait aux eaux du ciel.

Nous étions entièrement trempés, et il se passa quelque chose de très étrange : pour la première fois, nous connûmes que nous avions un corps. Malgré nos vêtements, ce fut comme s'il était nu, aussi dur que celui des statues, et nous eûmes conscience de son contour précis. La pluie nous avait modelés, donnant un galbe à une matière, hier encore, informe. Nous en demeurâmes troublés et satisfaits.

En frappant la moindre parcelle de terre, d'herbe ou de feuillage, la pluie ressuscitait mille odeurs qui, sans elle, fussent restées ignorées. Mais elle se mit à tomber avec tant de violence qu'elle en devint méchante et nous courûmes nous réfugier dans la chapelle.

La façade, semblable à celle d'une maison patricienne, ornée d'un cadran solaire et de petites fenêtre grillagées, placées sans aucun souci de symétrie, était cinglée avec une telle brutalité qu'on eût dit que la pluie essayait de l'ouvrir et l'avait déjà marquée de deux grandes lézardes.

A l'intérieur, l'atmosphère demeurait inchangée, et l'on vit bien qu'on pénétrait dans un monde que ne troublaient pas les intempéries terrestres. Cette chapelle à cachettes n'avait pas encore cessé de nous étonner ; nous étions loin d'en avoir élucidé tous les mystères et visité tous les recoins que l'ombre augmentait encore. Et le respect que nous inspirait tout endroit religieux mettait un obstacle à notre curiosité.

Le silence se fit en nous ; la présence de nos corps fut oubliée, et nos regards s'accrochèrent à la petite flamme de la lampe éternelle, de même que les enfants perdus dans une forêt sombre fixent de leurs yeux inquiets la moindre lueur lointaine.

Bien que, seule, Théoda n'eût pas changé d'attitude et demeurât elle-même, sa tenue, quand j'y songe à présent, ne choquait en rien dans un lieu sacré, car elle gardait en toutes circonstances une dignité secrète ; son corps, je ne peux pas trouver un autre mot, son corps était recueilli.

Mais soudain – et cela fut à la fois si rapide et si naturel, que nous ne pûmes dire un mot – elle releva sa vaste robe et l'ôta. Il y eut dans la chapelle un mouvement d'air pareil à l'envol d'un grand oiseau. Et Théoda, en jupon violet, dit, tranquille :

— Je vais la mettre sécher.

Elle l'étendit sur les bancs. Nous nous étions contentés, nous, de tordre le bout de nos jupes et de nous secouer. Je regardais la robe de Théoda qui se mettait à ressembler singulièrement à ces personnes que l'encens fait s'évanouir à la messe. Il y a un instant, elles paraissaient si sereines, aucune menace ne pesait sur elles et, tout à coup, elles s'affaissent, visage en avant... Elles n'ont plus l'air d'avoir un corps ; il faut se souvenir que ce sont des personnes véritables pour qu'on vienne les soulever et les emporter hors de l'église.

Théoda avait disparu.

Plongée dans mes réflexions, je ne remarquais plus ce que faisaient mes frères et sœurs, lorsque je les entendis s'exclamer.

C'est alors que je vis.

Je repense encore au premier mouvement de joie, proche de la folie, qui m'emplit et me fit trembler. La Vierge avait bien voulu nous apparaître. Elle était à quelques mètres de nous, un peu à gauche du chœur, réelle, si réelle que la chose ne nous étonnait plus. C'était une joie qui surpassait l'étonnement, le détruisait presque et faisait accepter le miracle.

Nous reconnûmes Théoda. La colère, celle qu'éveille le scandale, monta en nous, atténuée par l'admiration involontaire qui nous bouleversait.

— Théoda, comment oses-tu ?

Elle ne répondait pas. C'était comme si elle se fût, elle-même, contemplée.

— Sais-tu que c'est un péché de toucher aux vêtements de la messe, dit Maur, sévère.

— Tout ce que je touche est péché mortel pour moi, répondit-elle, calmement.

Elle continuait à regarder en face d'elle, comme en un miroir qui lui renvoyait son image.

— J'avais froid et je me suis couverte. Quel mal en cela ?

Elle murmura encore :

— Si l'évêque me voyait, il me ferait venir à la cathédrale et il me placerait sur un autel. Je me tiendrais immobile, je respirerais à peine. Et je verrais...

Elle balbutia quelques paroles inintelligibles.

Nous l'écoutions, sidérés, sachant que nous n'existerions jamais pour elle, que l'affection qu'elle nous donnait n'était qu'un faux-semblant.

— Mais, poursuivit Théoda d'une voix plus haute, je m'ennuierais bien vite et je reviendrais au village.

Elle sourit, caressa la soie de la chasuble qui la recouvrait des pieds jusqu'au menton. Puis son visage se rembrunit ; elle jeta un coup d'œil méprisant sur nous, se détourna et rentra dans la sacristie. Peut-être avait-elle regretté que Rémi ne fût pas là et qu'il ne pût la voir si belle.

Ensuite, elle était revenue mettre sa robe qui n'avait guère eu le temps de sécher et nous sortîmes de la chapelle.

Avant de partir, j'avais levé les yeux vers les deux grands archanges des autels : leurs pupilles noires nous fixaient durement. Alors je compris que Théoda avait irrité les habitants du ciel, et je craignis pour elle et pour nous.

XXI

LA FOIRE

Les hommes bêchaient dans les jardins du village. Terroua n'en paraissait que plus nu et nous ne savions que faire de la richesse toute immatérielle du printemps d'où la plénitude est exclue, qui est comme un appeau demandant une réponse. On souffrait de ce qu'elle ne pouvait être immédiate. La pluie d'orage qui nous avait donné un corps en faisant surgir autour de lui tant d'odeurs et de forces n'était que le premier signe, vite disparu, d'un été très loin de nous.

On aurait eu envie de tendre les bras, de s'appuyer sur quelque chose, mais le vide nous exilait de tout. La main que je tendais ne rencontrait que la mienne et mon âme ne pouvait que se pelotonner sur elle-même. Et ce n'étaient pas les fleurs sans tige, d'une couleur intense, dont les prés ras se recouvraient, qui auraient pu nous leurrer sur notre solitude ; elles étaient trop distinctes de la terre encore informe, elles n'avaient plus aucune ressemblance avec nous. Un matin, j'aperçus une belette et une hermine dans un champ : je les regardai du bord d'un autre monde. Mes frères et mes sœurs les virent-ils ?

Je n'en sus rien. Le soir, nous nous retrouvions sur la place autour des billons, mais c'était pour nous écarter encore les uns des autres, chacun au bout d'une planche qui nous servait de balançoire. Là, notre solitude nous serrait à la gorge, devenait si vive qu'elle nous rendait muets.

Le jardin de Théoda avait gardé ses broussailles. Elle ne s'inquiétait guère de le défricher. Elle ne s'inquiétait pas non plus de Barnabé. Un jour, Herbert lui demanda :

— Vous ne vous ennuyez pas trop ?

— Non.

— Vous êtes comme veuve, à présent.

— Peut-être bien... avait-elle répondu.

Elle disait : « Ceux de Pralence auront donné du vin à mon mari et, borgne comme il est, il sera tombé dans un canal. »

*

* *

A la foire de juin, ma mère fut seule pour acheter les moutons, les hommes de la famille étant allés à la recherche de Barnabé. Romaine et moi, nous l'accompagnâmes. Notre père n'aurait pas sa foire, lui qui nous en rapportait toujours, quand nous ne pouvions nous y rendre, un bonbon, un sifflet ou des serpentins.

La ville nous paraissait très grande et nous angoissait. D'être installés à sa porte avec nos bêtes, nos pauvretés et nos laideurs, nous semblait presque une incongruité. Nous étions des envahisseurs timides et les assiégés le savaient bien. Les aubergistes venaient à nous, trimbalant des tonneaux pleins, des bancs et des tables. Entre deux achats, pour avoir le temps de réfléchir, de discuter, les gens s'asseyaient et buvaient un verre. Alors s'établissait l'entente ou la discorde.

— Moi, je n'ai rien à faire avec toi ! Ne me touche pas !

Nous reconnûmes la voix de Marcien Ravailler, sa voix des jours d'ivresse qui montait d'un ton. Il était derrière nous, entouré de Terrouans.

— N'essaie pas de me toucher ? Sinon !

Cette menace fit rire tout le monde ; Rémi, à qui elle s'adressait, ne manifestant nulle intention de le toucher, ne fût-ce que du bout du doigt.

— Si tu cherches rogne, tu perds ton temps, lui dit-il et il s'éloigna.

— Il est parti parce qu'il avait peur. Vous voyez !

On rit de nouveau : le courage de Rémi était connu. Marcien entreprit quelqu'un d'autre, insinuant d'abord, mais on voyait bien où il voulait en venir :

— Herbert. Ça c'est monsieur Herbert !

Et les gens regardaient Herbert.

— Ça se dit de Terroua. Mais d'où ça sort ? d'où ?

L'homme ainsi interpellé se taisait.

— Et c'est un trousseur de jupons... Oui, mesdemoiselles ! Oh ! il est pas mal, seulement un peu crochu.

On n'osait pas rire.

— Allez, allez, ne chicane pas, dit Eusèbe Marily, notre cousin.

— ... Et trousseur de bisses... Quand c'est mon jour d'arrosage, il arrose ses prés. Oh ! si je le prends encore sur le fait, si je le prends... A nous la grande tentative !

Il haussa le bras et se pencha en arrière.

— Ne crie pas trop fort, Marcien, ne crie pas trop... Parce que moi je sais quelque chose, dit Eusèbe.

Il avait si bien l'air de la savoir qu'il imposa le respect. Mais Marcien ne lâchait pas Herbert.

— Du temps qu'il partageait un grenier avec Damien, il avait cloué une séparation sur le devant de la galerie. Séparation des frères, ah ! ah ! Il en est qui ne partagent même pas leurs poux.

Eusèbe se leva du banc où il était assis, prit son chapeau et vint se mettre droit en face de Marcien. Les gens chuchotèrent : « Attention : il est mauvais aujourd'hui ! »

— Ecoute, Marcien, on commence à te soupçonner sur l'affaire...

— L'affaire, moi je suis dans les affaires !

— Oui, ris maintenant, ris tant que tu peux, profite.

On s'attendait à voir Ravailler se jeter, d'un instant à l'autre, de toute sa force trapue, sur le grand Eusèbe ; il n'en fit rien. On devinait pourtant qu'il n'avait pas fini.

— Oh ! moi, quand on me commande de rire, je ne ris plus.

J'ignore si notre mère, qui nous avait dit de l'attendre pendant qu'elle irait choisir les moutons, perçut quelques bribes de la dispute. Quand elle revint, son marché conclu, nous dûmes nous en aller.

Nous marchions à reculons pour tirer et faire avancer les bêtes, et nos yeux se perdaient là-bas dans la foire où Marcien, sans doute, poursuivait ses railleries ; les mots entendus, qui nous semblaient moins graves dans le bruit et en présence de la foule, prirent soudain sur le silence empoussiéré de la route une valeur et un poids qui nous rendirent songeurs tout le long du retour.

Nous avions le sentiment d'une menace et je ne fus pas trop surprise le jour où ce que je pressentais avec angoisse se réalisa. J'étais en train de balayer la maison, lorsque des rumeurs m'attirèrent à la fenêtre.

— Qu'y a-t-il ? demandai-je à Céleste qui se trouvait dans la rue.

Elle monta dans la chambre et me dit :

— Ils sont venus prendre Rémi et Théoda.

Je descendis avec elle. Les gens s'étaient tus et se cachaient dans les demeures. L'avant-veille, les gendarmes avaient arrêté Marcien... La place fut bientôt déserte, nous ne rencontrâmes plus qu'un mulet sans maître, qui traînait derrière lui ses courroies et ses grelots. Par terre, je cherchai les traces de ceux qui étaient partis ; d'autres pas les avaient effacées. L'existence du village me parut illusoire. Ce que je voyais autour de moi, ces maisons et ces champs, n'étaient plus qu'une figuration de Terroua, de ce que fut Terroua.

Céleste me tira par la main.

— Tu te soucies d'eux ?

Comme je ne répondais pas, elle se mit à ricaner :

— Des assassins !...

*

* *

Les messieurs vêtus de noir, de la capitale, montèrent souvent au village. Ils posaient des questions, se permettaient d'entrer dans les demeures.

— Marcien a tout avoué, disaient-ils : ils ont jeté Barnabé dans le Rhône. Il y a longtemps de cela. Ça fait maintenant plus de deux mois.

Les habitants de Cherlogne vinrent se promener chez nous, le dimanche. Ils nous ressemblaient sans nous aimer et tout ce qui nous touchait les atteignait aussi.

— Nous prennent-ils pour un théâtre ! se fâcha Sidonie.

— Il ne manquait plus que cette racaille ! grondait tante Agathe qui méprisait les gens des autres contrées, qu'elle considérait d'une race différente de la sienne bien qu'ils fussent du même versant que nous. Quelques-uns rendirent visite à mes parents, sous un vague prétexte de cousinage ou de sympathie, plus feinte que réelle.

Ils s'étonnaient que des crimes pareils se commettent encore dans leur pays. Ma mère les écoutait mais elle ne leur répondait pas. Elle leur offrait du pain et du fromage, un verre de vin. Au bout d'un moment, elle se levait, sortait de la chambre.

Elle avait beaucoup changé. En la regardant, nous nous disions : « Je serai ainsi quand je serai vieille et que j'aurai eu de grands chagrins », et cela nous effrayait. Notre père se transformait moins, il avait toujours eu l'air âgé.

Je ne pouvais songer à Barnabé sans remords. Je n'avais pas su l'avertir. L'affection, mêlée de dédain, que nous éprouvions tous pour lui l'avait laissé seul devant le danger. Il n'avait jamais été « plaisant » ; on ne le lui avait pas pardonné.

Un jour, rendus hargneux par la tristesse, nous allâmes attendre les enfants de Cherlogne à la sortie du village. Et quand ils passèrent... C'est laid de jeter des cailloux, j'ai honte à présent. Nos ennemis ne nous voyaient pas. Nous étions cachés. Les épaisses jupes protégeaient les filles, mais les garçons furent meurtris aux jambes. Ils ripostèrent... Les cailloux tapaient dru contre les murs des maisons.

— Lépreux ! nous criaient-ils.

On répondait :

— Cherlognottes !

Maur en atteignit un à l'oreille. Le blessé fonça sur nous ; on vit le sang. Nous eûmes peur. Romaine reçut une pierre pointue au bras, elle devint furieuse, elle lançait les projectiles par poignées, sans même regarder.

— Cette fois !

Mais nous dûmes battre en retraite sous leurs injures et leurs coups.

*

*   *

Au mois de décembre, on vint nous annoncer que Théoda, Rémi et Marcien auraient la tête tranchée.

Le temps passa cependant et l'on n'apprit rien de nouveau.

— Qu'est-ce qu'ils attendent pour les mener à l'échafaud ? se demandaient les gens.

Un enfant naquit dans la prison, l'enfant de Théoda. Il vécut et porta notre nom de famille : Romyr. Ce nom, sa mère l'avait perdu, les juges lui ayant rendu son nom de fille : Théoda Rovigne.

Et le jour fut choisi.

XXII

LA CAPITALE

Je ne pouvais croire à la Mort. Celle que les juges destinaient à Rémi et Théoda n'était pas la véritable : c'était un artifice, une mort de tréteaux.

Ils se riraient des machines des hommes ; leurs têtes repousseraient sur leurs corps, non pas à la façon des martyrs, mais avec la ruse des esprits malins. Quel sort sans joie serait le leur, quelle souffrance promise les attendrait dans l'autre monde ? ces questions, je ne me les posais pas. Nous est-il permis de juger ? Et peut-être n'était-ce en rien l'essentiel : je savais que pour toujours ils seraient ensemble.

*

*　　　*

Une nuit, autour de nous, le village s'en alla.

— Ils partent... dit Romaine.

— C'est ceux qui vont à pied... murmura Emilienne qu'on croyait endormie.

Des portes s'ouvraient qu'on oubliait de refermer ; des pas traçaient dans la nuit de notre chambre un plan de ruelles que notre imagination parcourait, mais arrivée sur la route elle se perdait et revenait à notre demeure qui, seule au milieu de cette désagrégation, restait immobile.

Quand nous nous levâmes, la rue était encombrée de chars remplis d'hommes et de femmes assis très droit sur des planches. Leur air un peu inquiet donnait à ce départ un aspect de fuite. Les enfants, éveillés en même temps qu'eux, leur disaient au revoir ; leurs parents n'y prêtaient garde, muets, le visage déjà tourné vers la capitale. De Pragnin, elle était invisible, mais on la sentait proche, ce matin-là, et comme avançante. La certitude qu'à l'heure décisive j'entendrais crier me hantait.

Le dernier char disparu, nous reculâmes aux confins de l'oubli. Plus personne ne penserait à nous. J'étais debout, à la sortie du hameau, quand j'entendis marcher derrière moi. Avant que je ne l'eusse reconnue, tante Agathe m'avait empoigné la main et me forçait à la suivre. Elle avait dans son allure quelque chose de hagard, de tellement volontaire aussi, que je fus subjuguée. Je lui obéis.

— Nous arriverons trop tard, geignait-elle, le souffle blessé.

Dans la plaine, roulait encore une charrette. Elle fit signe au conducteur d'arrêter. Il accepta de nous prendre toutes les deux. A la voir ainsi, assise dans ce boîton, mal pliée, les genoux pointus sous sa jupe noire, je me rendis compte à quel point tante Agathe était grande. Elle me fit pitié. J'étais malheureuse pour elle d'avoir enfreint le savoir-vivre de la famille qui voulait qu'aucun de nous n'assistât au supplice.

Les chars avançaient à la file indienne. J'écoutais tinter les grelots des mulets et mon remords s'évanouit. L'air était si aigu, si pur, qu'il excluait tout trouble. La neige, en couche mince et durcie, très blanche, recouvrait le versant nord des montagnes ; mais la plaine était dorée déjà, un peu rose, prête à vivre. Le pays de Terroua s'élevait sur notre droite, puissamment éclairé, dépouillé de neige. L'orgueil m'envahit de voir qu'ils étaient sur une terre réelle, et non sous les glaces d'alentour, nos villages, nos vignes et nos champs.

Quand nous entrâmes dans la ville, les maisons me parurent petites tant il y avait de monde entassé dans la rue. L'élan qui avait poussé tante Agathe jusqu'ici était tombé. Elle demeura à l'écart et feignit même de regarder ailleurs que là où les autres dirigeaient leurs yeux. Sur une façade, étincelait une grosse horloge dont les aiguilles ne bougeaient pas.

— C'est l'hôtel de ville, nous dit un homme. Ne comprenant pas le mot hôtel, ce fut comme si l'on m'eût dit : « C'est l'autel. » Et je crus que Rémi, Théoda et Marcien sortiraient de là.

Dans une petite rue proche de nous et remplie de spectateurs aussi, émergeaient des chevaux. L'un se dressa et je vis ses deux jambes de devant qui se balançaient au-dessus des têtes. Quelqu'un cria.

Puis il ne se passa plus rien et nous attendîmes encore longtemps. L'odeur des gens m'écœurait. Ils ne portaient pas leurs vêtements du dimanche, mais ceux du labeur qui recueillent jour après jour leurs sueurs et, ce matin-là, celles de la nuit. Des pigeons qui volaient sans crainte parmi nous me rassurèrent. L'un d'eux avait sur son plumage une tache de couleur, doré vert, distincte sur le fond gris. A mesure que je la contemplais, la tache changeait de place, se reformait, toujours la même, au moindre mouvement de son col.

Un silence lourd, presque tangible, pesait sur les places, obstruait les rues, cachait le ciel. Et soudain il y eut une brisure dans la foule, un relâchement. Je compris qu'elle voyait les condamnés. Elle s'en était créé une image, et voilà qu'ils se faisaient chair, devenaient deux hommes et une femme réels, à la ressemblance de tous, qui respiraient, bougeaient. Ceux qui s'étaient réjouis, qui avaient dit en apprenant le jugement : « On ira les regarder... Théoda et Rémi rabattront de leur superbe !... » se sentirent désemparés. J'eus peur, moi aussi, de les voir et je fermai les yeux. Mais je fus violemment entraînée dans un remous causé par le déplacement des chevaux ; la foule se fissura comme une grande roche et tout au fond de cette crevasse j'aperçus Théoda, Rémi et Marcien qui s'avançaient vers moi.

Théoda précédait les deux hommes. Elle était nu-tête. Quand elle passa près de nous, je reconnus, comme une chose familière qui m'avait accompagnée tant de jours, sa manière de faire son chignon, les deux tresses enroulées sur la nuque, retenues par des peignes de métal dorés et sinueux. Elle avait mis sa robe la plus belle et marchait de sa démarche habituelle qui faisait dire aux Terrouans :

« Elle part pour une fête. » D'une main, elle relevait sa jupe par mépris de la poussière et ce geste la soulevait elle-même, tout entière, au-dessus de la foule.

— Théoda Rovigne !

Elle était à peine changée. Son teint qu'elle avait toujours eu très clair était peut-être encore plus blanc et ses joues étaient roses et ses lèvres souriaient. Elle regardait le monde.

— Dire qu'elle ose !...

— On voit bien qu'elle n'a pas le repentir.

Près d'elle marchait Rémi, tout aussi tranquille. Le pas plus terrestre, plus solide encore et ses yeux ne daignaient pas se promener sur les gens. Il était recueilli.

— C'est Rémi Carroz, Rémi-le-fier.

Une tendresse mêlée de rancœur me brûla intérieurement. Il m'était dur de ne pas les aimer. Mais déjà la foule avait compris : ce pour quoi elle était venue, Rémi et Théoda ne s'en inquiétaient guère, *il n'y avait pas de Châtiment.*

A cela personne ne s'était attendu. Ils étaient bernés, la Justice était bernée ! La pitié s'éteignit. Les condamnés furent suivis, hués ; les deux lignes de soldats et les trois prêtres qui les accompagnaient réussirent à peine à les protéger.

Tout autre était Marcien. Il avait abaissé son chapeau un peu de travers sur sa figure. On n'apercevait pas ses yeux. A la pâleur sale de ses mains, on devinait celle de son visage. Chaque goutte de sang coulant dans ses veines devait lui faire mal ; tous le sentirent dans leur propre corps. Il ne se doutait guère que, plus tard, certaines personnes de Terroua le considéreraient comme un saint en raison de son repentir et de sa douleur et qu'elles l'invoqueraient dans les moments difficiles : « Marcien, aide-moi ! » Et l'âme de Marcien, qui avait appris l'angoisse, intervenait.

Il se tenait aussi bien que les autres, mais à l'observer, on remarquait qu'il vacillait par moment ; il reprenait ensuite avec effort son équilibre comme on hisse un poids très lourd.

Devant l'Hôtel de Ville, le cortège s'arrêta. Le commandant de la gendarmerie et les membres du tribunal montèrent à cheval. On se remit en marche sur les pavés ronds de la rue qui menait vers la chapelle Sainte-Marguerite, près du Rhône, où s'élevait l'échafaud. Des chuchotements tombaient des hautes maisons ; derrière une fenêtre grillagée, je crus reconnaître une des fillettes de la voiture à âne ; mais un bras la fit rentrer dans la pénombre de la pièce et je ne vis plus qu'un lustre aux pendeloques noires.

J'avançais, prise par le courant. Le chemin était recouvert de sable comme pour une Fête de Dieu ; peut-être n'était-ce que le vent du fleuve qui l'avait amené jusque-là.

XXIII

L'ÉCHAFAUD

Devant l'échafaud, une autre foule était massée. Les personnes, cachées derrière les plus grandes, attendaient avec foi que le spectacle se dressât pour elles ; ceux qui craignaient de le perdre étaient montés sur les arbres environnants et les branches, au lieu de fruits, portaient des visages d'hommes.

A côté de la chapelle, s'étendait un verger qui dégageait une forte odeur de terre et de racines. L'herbe avait encore ce mordoré que les gels lui donnent dès l'automne, mais par place on voyait des touffes vertes et, dans les poiriers, circulait déjà la sève qui entourait l'écorce d'une mandorle.

Dans ce verger, Rémi et Théoda entrèrent, suivis de leurs confesseurs. Ils ne verraient pas Marcien au supplice, et n'eût été la présence de quelques gendarmes qui les gardaient, ils auraient pu se croire en un lieu de pèlerinage.

La foule ne disait mot. Maintenant qu'elle savait que tout allait arriver, elle n'attendait plus. Elle redoutait.

On vit Marcien monter les degrés de la plate forme où se tenaient, debout, le bourreau et son valet.

Il joignit les mains et tomba à genoux. Nul ne put savoir ce qu'il dit à Dieu ni ce qu'il pensa. La foule devinant qu'elle ne pourrait violer ce secret en conçut une impatience méchante. Puis il baisa le crucifix que le Père lui tendait. Ce fut la rencontre de deux suppliciés, et le Christ regarda Marcien comme il avait regardé le bon larron sur le calvaire.

Le bourreau restait immobile, près de la chaise. Un instant, je fus troublée par sa ressemblance avec le condamné, mais quand je voulus comparer les deux visages, l'un était déjà caché sous un bandeau noir. Marcien s'était assis sur la chaise basse, au dossier très court, et ses membres furent enlacés d'une corde.

C'est derrière ce bandeau, m'avait-on dit, que les condamnés voient plus de choses qu'ils n'en virent jamais durant leur vie. De toutes les images qui défilèrent, peut-être Marcien en saisit-il une et s'y arrêta. Je fis avec lui ce rêve. Il avait onze ans. Il ramassait des noix dans un pré de Pragnin. L'herbe était mouillée ; il y passait le pied pour tâter ce qu'il cherchait. Il en cassait une d'un coup de talon ; la coquille résistait et s'enfonçait dans le sol mou. Il jurait. Puis il tient un caillou et c'est avec lui qu'il casse la noix. C'en est une mauvaise. Heureusement qu'il en a d'autres en poche... « Va-t'en ! » crie un homme de loin. « Les noix sont à tout le monde ! » répond Marcien, mais il s'en va, fouillant encore du pied dans les herbes. Il rentre à la maison. La cuisine est vide et le feu est éteint.

Avait-il conscience de la foule d'où s'élevaient des gémissements et des prières ? Me sentant prise entre deux angoisses, je me retournai. Bien des personnes s'étaient enfuies, n'en pouvant supporter davantage, et celles qui auraient désiré les suivre, mais qui restaient emprisonnées parmi les spectateurs, s'évanouissaient sans tomber, soutenues par la poussée du nombre. Je vis des figures se figer, et leur pâleur offerte au soleil avait un aspect si étrange qu'on aurait pu se croire dans une foule de morts.

Le bourreau s'était avancé pour présenter au Grand Juge le glaive à deux tranchants et nous eûmes tous le sentiment d'une blessure lorsque son éclat passa sur nous.

Ce fut rapide. Une tête roula. Le corps de Marcien Ravailler que le sang avait recouvert fut jeté hors de la plate-forme.

On attendit un quart d'heure. Les doigts de tante Agathe serrés autour de mon poignet étaient aussi durs qu'un nœud coulant. Le valet nettoyait la chaise. Le bourreau mit un manteau blanc et il alla chercher Rémi Carroz.

Dans le verger, c'était le printemps.

Rémi tendit ses mains qui furent liées comme deux mains jointes. Il ne se retourna pas pour regarder Théoda : elle était en lui. Tout ce qu'il avait su, durant sa vie, garder au fond de lui-même y demeura. Il ne perdit rien. Nul ne put le lui prendre. Quand ils le virent arriver, tous comprirent ce qu'était Rémi. La force de ce corps qui avait abattu tant de sapins, qui avait poursuivi le chamois et le sanglier, qui portait Théoda des heures à travers les forêts..., avant de mourir se révéla, sans qu'il eût besoin de faire un geste, dans son acceptation même.

Le bourreau affecta une certaine lenteur – ou bien fut-ce de l'hésitation ? – en procédant à la dernière toilette de Rémi. Ses cheveux et le col de son vêtement furent tailladés. Ni la lumière ni les gens ne purent atteindre, entre les cils drus, ses yeux d'ombre qui jamais ne s'étaient posés sur quelque chose ; et quand le bandeau noir les cacha, le visage de Rémi n'en fut presque pas changé.

Une seconde fois, le glaive étincela. Le corps décapité alla rejoindre celui de Marcien, en attendant Théoda.

C'était elle que la foule désirait. Depuis qu'on l'avait soustraite à la vue d'une partie des spectateurs, ils ne songeaient qu'à elle et ceux qui pouvaient la contempler n'en détachaient plus leurs yeux.

Elle écoutait, distraite, les paroles de son confesseur et ne lui répondait que par monosyllabes, occupée qu'elle était à observer tout le monde. Jamais elle n'avait été mise en présence d'un si grand nombre de regards et dans chacun d'eux elle se mirait, un sourire sur les lèvres.

« On dirait qu'elle est heureuse... » dit tante Agathe. Un monsieur qui se trouvait à côté de nous se tourna vers son voisin et murmura :

— Elle aussi c'était une bâtarde. On voit bien qu'elle n'aurait pas dû naître : ils sont plus beaux que les autres, ils ont plus d'esprit, mais ils ne savent pas vivre...

Soudain, Théoda se mit à parler.

— Marie, tu es là... dit-elle à voix haute.

Elle venait de reconnaître, parmi les gens de la capitale, une jeune fille de Terroua. Elle ajouta quelques paroles que je ne pus entendre et qui demeurèrent obscures, car ensuite on les répéta de diverses façons.

Quand le bourreau vint la chercher, elle ne changea pas d'attitude. D'un geste doux, elle repoussa la corde et, le devançant, elle se dirigea d'un pas rapide vers l'échafaud. Très droite et souple, elle en gravit les marches en relevant sa robe pour éviter les flaques de sang et prit soin de n'y pas poser les pieds. Elle alla immédiatement s'asseoir sur la chaise.

Elle se tourna pourtant vers les cadavres des deux hommes et les appela des yeux. S'est-elle sentie seule, tout à coup ?

Le bourreau enlevait les épingles et les peignes qui retenaient son chignon et qui luisaient comme des orvets dans un pré noir. Les lourdes nattes tombèrent. La foule frémit. Elle commençait à pénétrer dans l'intimité de cette femme. Peut-être Théoda eut-elle conscience de cette invasion. Peut-être se vit-elle enfin telle qu'elle serait bientôt ?... Au moment où le bourreau souleva les tresses et les lui coupa, – il eut de la peine à entrer dans la masse épaisse de la chevelure avec ses grands ciseaux de fer qui ne les pouvaient mordre, – Théoda perdit un peu de son assurance.

Comme un éclair, le fluide printanier traversa son corps. Elle pâlit et ses lèvres entrouvertes laissèrent échapper un son rauque : le refus. Mais déjà le glaive lui avait tranché la tête.

Son corps tomba sur celui de Rémi.

XXIV

LE RETOUR

Je revins au village et je sentis, comme une rose qui serait tombée de moi, que mon enfance était finie.

Durant le supplice, c'est à peine si mon cœur avait battu plus vite, mais à présent je revoyais ce que j'avais vu et ce qu'avaient vu les yeux des autres et je tremblais. Ce n'est pas le bruit des pioches entourant Pragnin qui pourrait me faire oublier, ni le cri des chocards tournoyant au-dessus des prés.

On nous envoyait dans les vignes porter le dîner aux hommes que leur lutte avec la terre rendait taciturnes. Il fallait pour les découvrir descendre et remonter les versannes, ces longs tombeaux où les ceps ensevelis renaissent plus forts. Nous ne restions guère auprès d'eux ; leurs pics et leurs vêtements boueux et le vin qu'ils buvaient, dans des tonnelets, de bois passés en bandoulière, leur conférant la redoutable grandeur des anciens soldats errants. Ils ne nous remerciaient pas et nous n'osions leur adresser la parole. Et c'est presque en les fuyant que nous reprenions le sentier perdu le long des murs tout crissants de lézards aux queues coupées.

Une odeur de vide et d'étincelles nous grisait. Par place, et cela paraissait inexplicable dans ces déserts, poussaient des touffes de roseaux. On les brûlait pour le plaisir des flammes.

— Vous allez mettre le feu aux vignes ! disaient en se moquant les vieilles femmes que l'on rencontrait, chargées de sarments roux.

La terre, le feu et les pierres, c'était notre paysage et notre douceur. Et quand venait le vent, que demeurait-il de nous-mêmes ? Peut-être notre âme seule, amenuisée et pure.

Tante Agathe mourut ce printemps-là. Elle mourut dans la solitude de sa chambre et ce ne fut que le lendemain qu'on la trouva. Elle était belle, assise sur son lit, tout habillée, plus élégante qu'elle ne l'avait jamais été sa vie durant, une dame. Ses longues mains avaient blanchi ; elles étaient posées à sa droite et à sa gauche comme deux chandeliers.

Léonard ne nous écrivait plus. Ma mère songeait-elle à lui ? Il me semblait que de trop penser à Barnabé éloignait de nous ce frère prodigue, rompait les fils qui l'avaient jusqu'ici relié à nous au delà des mers et des forêts remplies de tigres dont il nous avait parlé. Notre père ne les lisant plus à voix haute, les lettres s'empoussiéraient dans un carton derrière le poêle et, pour que le contact entre Léonard et nous ne s'éteigne pas, j'allais de temps en temps soulever les dernières enveloppes et les pages datées de plusieurs mois, comme on bine la terre autour d'une plante qui menace de périr. Il en sortait des mots et des phrases que j'entraînais avec moi dans les vignes où travaillaient toujours, sombres et affamés, les hommes : *« J'ai passé quatre mois en colonne dans la brousse à faire la chasse aux pirates et je vous jure que j'ai beaucoup souffert parce que le pays où nous étions était tout à fait accidenté. Il nous manquait de tout, sauf de l'eau qu'on pouvait boire à volonté dans les rizières. Ce qu'il y avait de plus terrible à combattre c'était une quantité de moustiques et de fourmis qui nous dévoraient aussitôt qu'on voulait prendre du repos. Il nous était donc impossible de dormir. »*

Je regardais l'air qui nous entourait, cet air si transparent et lisse que seules les pioches faisaient tinter. Pourquoi était-il parti, Léonard ? Ils avaient tous voulu partir... Moi-même, habiterai-je encore longtemps au village ? De mon enfance, il ne me restait plus maintenant que ce besoin de rechercher, au bord des chemins et sous les buissons la fleur doucement violente de la violette. Quand j'en avais fait un bouquet qui remplissait à peine le creux de ma main, et qui était froid comme une goutte d'eau, je demeurais pensive, ne sachant à qui le donner. Jusqu'alors nous avions apporté nos fleurs à la régente, mais j'avais atteint l'âge où l'on ne va plus à l'école. Cet âge, si ardemment attendu, allait-il nous rendre malheureux ?...

On ne nous laissait pas trop de temps pour rêver ; ce n'était que le dimanche qu'il nous était permis de ne rien faire. Nous allions nous asseoir, Céleste, Romaine et moi, tout au bout des prés de Pragnin et là nous causions jusqu'au moment où le soleil disparaissait. Il me venait alors un immense désir d'exister aussi dans ces autres pays qui seraient éclairés quand nous entrerions dans l'ombre, et de moi-même s'élevait une joie faite d'amour et d'attente, comme un grand rameau. Il montait dans le ciel où il s'épanouissait à la dernière lumière ; mais la lumière enfuie, le ciel se vidait et je sentais bien que je n'étais qu'une pauvre racine de Terroua.

Nous parlions de l'avenir. Céleste voulait devenir couturière et moi je savais que l'on m'enverrait bientôt en place ; Romaine continuerait de travailler la campagne avec Sidonie. Un jour, elles me demandèrent :

— Pries-tu pour l'âme de Théoda ?

Elles se gardèrent de me dire si elles le faisaient et ce qu'elles en pensaient.

— Non, leur répondis-je. (Cela ne m'était pas venu à l'esprit.)

Le dimanche d'après, en feuilletant dans mon livre de messe, je découvris une prière inconnue, tellement étrange et belle, que je me sentis transportée loin de Terroua.

« Le Seigneur m'a possédée au commencement de ses voies, avant que d'avoir formé aucune de ses créatures. Je suis de toute éternité avant que la terre ait été créée. Les abîmes n'étaient pas encore et j'étais conçue... J'étais enfantée avant les collines... Lorsqu'il préparait les cieux, j'étais présente... lorsqu'il environnait les abîmes de leurs bornes... lorsqu'il mettait dans leur équilibre les eaux des fontaines, lorsqu'il renfermait la mer dans ses limites et qu'il imposait une loi aux eaux... j'étais avec lui. J'étais chaque jour dans les délices, me jouant sans cesse devant lui, me jouant dans le monde ; mes délices sont d'être avec les enfants des hommes. »

Je parcourus des yeux à plusieurs reprises cette prière consacrée à la Vierge. Les mots me donnaient le vertige. Pour la première fois de ma vie, l'univers m'était révélé. Jusqu'alors, il se bornait au morceau de terre et de ciel que je connaissais, il s'arrêtait là où les montagnes fermaient l'horizon ; et les pays que j'imaginais, le soir, baignés par le soleil, je les avais crus voisins de nous, à peine plus éloignés que la capitale. Les lettres de Léonard, malgré leurs noms géographiques et les distances en journées et en kilomètres, ne m'avaient pas donné l'idée de la grandeur du monde, mais me l'avaient plutôt rendu familier et proche, et peut-être même amoindri. Les mots : profondeur, illimité, eurent un sens. Dans cet univers en formation, je voyais la Vierge Marie jouer, danser, heurtant d'une main le soleil et d'un pied la terre.

« J'étais avec lui. J'étais chaque jour dans les délices, me jouant sans cesse devant lui, me jouant dans le monde ; mes délices sont d'être avec les enfants des hommes. » J'ignore à quelle partie de mon âme répondait cette phrase. Elle me remplit de joie et les mots disparurent : j'avais les yeux pleins de larmes. Et j'entendis la voix de Théoda. Comme le jour où elle avait pris la place de la Madone, elle prenait sa voix ; ses paroles, elle les faisait siennes. Elle n'avait pas quitté le monde, elle serait toujours avec les enfants des hommes. Et Rémi qui le savait, Rémi l'écoutait encore.

Rarement nous lisions. Il y avait peu de livres au village, un ou deux par famille. Chez nous, une « Vie des Saints » nous contentait. Elle gardait de chacun de nous une odeur, un pli, une tache. Nos haleines et nos salives se fixaient aux pages pour toujours. Ce livre était presque un treizième enfant que ses parents et ses frères prenaient tour à tour dans leurs mains et sur leurs genoux. On possédait aussi « L'Auberge du Chemin Vert », et le régent nous avait prêté l'histoire du pauvre « Isidore ». Cette dernière nous faisait pleurer, Romaine et moi, mais Céleste ne l'appréciait guère. Elle disait : « J'aime mieux les rois. »

Un après-midi, toutes les trois assises sur le pré, nous vîmes de loin venir quelqu'un. Peut-être ne l'aurions-nous pas remarqué si des enfants, qui l'avaient aperçu avant nous, ne s'étaient mis à courir à sa rencontre.

Nous nous étions levées. Quel était ce masque qui nous arrivait en un temps où Carnaval était bien fini ? Revêtu de bleu et de rouge et d'un halo qui le faisait paraître plus grand qu'un homme ordinaire, il marchait d'un pas irrégulier et son visage se prêtait à tous les désirs. Il était ce que nous avions perdu, ce que nous appelions encore. Le nimbe de folie qui l'entourait, cet élan qui le poussait vers le village remuèrent en nous les souvenirs.

Les enfants qui avaient crié s'étaient arrêtés et l'écoutaient. Ils ne manifestèrent ni joie bruyante, ni crainte, mais ils le suivirent comme ils avaient suivi autrefois le roi des masques.

Il était à quelques pas de nous. Sur son corps amaigri par les fièvres, les vêtements somptueux étincelaient. Nous essayions en vain de retrouver l'ancien regard dans ces yeux que la souffrance avait éloignés de nous.

Je cherchais autour de lui. Qu'avais-je donc espéré ? Il ne nous ramènerait pas les autres, ceux qui nous hanteraient tout le long de la vie.

Seul, Léonard revenait.

Table des matières

LA NOCE 7
LES SAUTERELLES D'EGYPTE 13
PREMIER PRINTEMPS 21
DE LA PART DE DIEU, QUI ETES-VOUS ? 29
LES DIMANCHES 37
LES SEMAILLES 45
LE SOIR DES SEMAILLES 53
L'ÉTERNITÉ 61
LES DEVINETTES 71
ELLE M'A DONNÉ UNE IMAGE 79
BARNABÉ 87
LA FÊTE DE DIEU 93
LA FLEUR DU TONNERRE 105
L'AUTOMNE 115
LA NEIGE SUR NOUS 123
VEILLÉE 131
LES MASQUES 137
CARÊME 143
AU CIEL, ÇA NE PEUT PAS ÊTRE PLUS BEAU ! 151
L'APPARITION 159
LA FOIRE 169
LA CAPITALE 177
L'ÉCHAFAUD 183
LE RETOUR 189

Postface

En avril 1940, au moment où elle entreprend la rédaction de *Théoda* dont elle termine une première version en six mois, S. Corinna Bille (1912-1979) collabore déjà à différents journaux romands auxquels elle donne régulièrement petits articles, contes ou proses brèves. Lauréate du Prix de l'Institut genevois de la nouvelle pour « La Sainte » en 1938, elle a également publié en 1939 un recueil de poèmes, *Printemps*, aux Editions des Nouveaux Cahiers (La Chaux-de-Fonds) et travaille à différents projets dont *Douleurs paysannes*, nouvelles qui paraîtront en 1953.

Préservée des combats tandis que la guerre bouleverse l'Europe, la Suisse vit alors dans un étrange climat de privations et d'immobilisme ; une paralysie qui va, paradoxalement, favoriser la création artistique. En effet, la partie romande, seule région francophone non-occupée où de nombreux intellectuels trouvent refuge, devient le lieu de développement de nombreuses revues littéraires et maisons d'édition. C'est dans cette atmosphère si particulière, entre le château de Glérolles où Corinna Bille rencontre Maurice Chappaz en janvier 1942, et le Valais où elle vit avec ses parents, que la romancière reprend entièrement la rédaction de *Théoda* dont la version définitive est achevée à la fin de l'année 1943. Maurice Chappaz, dont Corinna Bille porte alors le premier enfant, présente le roman aux Portes de France à Porrentruy où il est accepté avec enthousiasme par Jean Cuttat et Pierre-Olivier Walzer. La jeune maison d'édition, qui publiera aussi bien Maurice Chappaz lui-même que Paul Eluard, ouvrira une succursale à Paris à la fin de la guerre, et rééditera notamment *Théoda*. Mi-septembre 1944, tandis que Corinna Bille, installée à Lausanne depuis quelques mois, vient d'accoucher de son fils Blaise, *Théoda* sort en librairie et connaît immédiatement un grand succès, tant auprès du public que des critiques.

Sur les replis de la couverture de cette première édition, nous découvrons un portrait de Corinna Bille – le regard grave et l'allure élégante d'une jeune femme affirmée – suivi d'une présentation du roman que les éditeurs ont confiée à l'auteure elle-même. On y apprend qu'à l'origine de l'histoire de Rémi et Théoda, il y a un fait réel, « un drame qui s'est passé en Valais voilà cent ans et qui se termina sur l'échafaud ». En effet, le 28 février 1842 à Sion eut lieu la dernière exécution capitale dans le canton. Trois jeunes gens (Marie-Thérèse Fragnier, son amant Barthélémy Joris et François Rey) furent condamnés pour le meurtre de Nicolas Fragnier. Les spectateurs vinrent de loin pour assister à l'événement et l'attitude des coupables, qui « allèrent au-devant de la mort avec le sourire », marqua durablement les esprits. A tel point qu'Edmond Bille, comme le rapportera sa fille, lui suggère d'utiliser cette histoire : « Dans mon adolescence, mon père me voyant écrire me disait parfois : ˝ Tu devrais raconter l'histoire des derniers décapités du Valais. Ils eurent, face à la mort, une attitude si fière qu'elle surprit tous le monde. D'ailleurs ces personnages étaient de Montana, le village de ta mère.˝ »[1] Notons qu'en 1946, Corinna Bille apprendra, grâce à un habitant de Montana, son lointain lien de parenté avec François Rey – Marcien dans le roman –, le complice du couple adultère.

Lui-même peintre, décorateur et critique d'art renommé, en relation constante avec d'autres artistes, Edmond Bille ne

---

[1] S. Corinna Bille, « Histoire d'un livre », dans *La Guilde du Livre et les écrivains romands*, Lausanne, Bibliothèque cantonale et universitaire, 1979, p. 15.

cesse de valoriser la création auprès de ses enfants, encourageant Stéphanie, future S. Corinna Bille, à suivre la voie de l'écriture. Cette émulation artistique, dans laquelle évolue la famille tout entière, favorise chez la jeune fille des choix qui se révèlent très tôt libérés des conventions. Ainsi exprime-t-elle un refus catégorique lorsque ses parents, soucieux de son avenir de femme dans un monde où les attentes liées à son sexe se réduisent encore au foyer, lui proposent une formation dans une école ménagère : « Non ! Est-il possible ? Mais qui donc a eu l'idée saugrenue de m'enterrer à Ralligen ? Cette école ménagère où vont les sages et raisonnables petites fiancées ! [...] Et puis, j'aurais beau savoir faire la cuisine, je ne serai jamais l'aimable, la réservée, la polie ″jeune fille à la maison″ qui sait servir le thé sans tout renverser, causer sans dire des gaffes, et sourire en tendant un biscuit aux invités. Non, je me sens incapable de réaliser ce chef-d'œuvre ! Il est impossible d'être ″petite bourgeoise″ lorsqu'on a pour père un grand artiste et pour mère une montagnarde valaisanne. »[2]

C'est à Catherine Bille, née Tapparel, cette « montagnarde valaisanne », que Stéphanie et ses frères doivent leur appartenance à une réalité paysanne où les saisons donnent le rythme des tâches quotidiennes, entre le village du haut où l'on passe les mois les plus doux, et le village du bas où l'on descend pour cultiver la vigne. Corinna Bille situe l'histoire de *Théoda* dans cet univers où la rudesse du climat et la nature de la terre exigent un mode de vie semi-nomade. Dans ce monde rural clos sur lui-même, basé sur une économie de subsistance où chacun doit fournir sa part du travail, la religion catholique et le calendrier de ses fêtes jouent également un rôle fondamental que l'on retrouve dans l'intrigue. Le village de

---

[2] Lettre de S. Corinna Bille à Edmond Bille, datée du 9 mars 1931 à Zurich, publiée dans *Ecriture* n° 33, Lausanne, 1989, p. 44.

Corin, où grandit Catherine Bille, devient Pragnin dans le roman, tandis que Montana devient Terroua. En ayant choisi de signer ses ouvrages du prénom Corinna, c'est bien la terre maternelle que Stéphanie allie à son patronyme.

Ce tableau d'un mode de vie ancestral alors en voie de disparition et le choix d'un récit évoquant des événements passés, hors de la modernité alors en marche, expliquent sans doute en partie le succès du roman. Notons que dès 1936, l'écrivain valaisan Maurice Zermatten (1910-2001) publie des romans inspirés de son val d'Hérens natal, qui seront remarqués par Ramuz. Le cadre montagnard mis en place par Corinna Bille suscite à la lecture un étrange sentiment de nostalgie et l'envie de croire aux légendes qui animaient alors les veillées. Imprégnée des récits de sa mère comme de ses propres souvenirs d'enfance, l'écrivaine met en place un univers authentique qui lui permet, dans le sillage de Ramuz, d'échapper au pittoresque de cartes postales que l'on contemple de loin, pour mettre en scène une tragédie de l'espèce humaine. Du fait divers initial, dont la particularité fait l'originalité, émerge un drame universel, celui d'une passion amoureuse contrariée. Corinna Bille choisit d'ailleurs de mettre l'accent sur la relation de Rémi et Théoda plutôt que sur l'assassinat de Barnabé, à peine évoqué, alors qu'il est pourtant l'événement ayant conduit à la condamnation finale. Au moment de la mise à mort, cette « mort de tréteaux » (p. 177) à laquelle Marceline ne peut pas croire, nous voyons les corps de Rémi et Théoda qui se rejoignent, évoquant contes et récits où les amours maudites ne connaissent jamais de fin.

Ce premier roman, dédié à Catherine Bille, porte ainsi la marque de ce double héritage parental, conjuguant avec habileté imagination créatrice et ancrage dans la terre valaisanne, entre liberté et attachement, transgression et fidélité.

La force du roman tient également au choix d'un mode de narration original qui donne la parole à la jeune Marceline, âgée de sept ans à peine quand a lieu le mariage de Barnabé et Théoda. Ainsi, les événements sont vus à travers ses yeux innocents et réceptifs à l'étrangeté du monde. Si la petite fille connaît déjà les règles de conduite et le poids des péchés, elle n'a pas encore rejoint le chœur monocorde des voix de la communauté, prompte à juger du comportement des autres quand ils s'écartent du chemin tracé. Gardienne involontaire du secret de l'adultère, instinctivement consciente de la gravité de la faute, Marceline ne cesse pourtant de lutter contre l'admiration et la fascination qu'exercent sur elle les amants. Et si la force de l'amour et ses manifestations quasi fantastiques sont présentes tout au long du récit, c'est Théoda surtout qui retient l'attention de Marceline, dont les sentiments oscillent entre affection sincère et condamnation. L'attraction est si grande que la fillette semble parfois mettre sa voix au service du personnage de la jeune femme.

Théoda, qui donne seule son nom au roman, occupe une place centrale dans l'intrigue. Originaire d'un village voisin, étrangère aux yeux des autres, elle est celle qui transgresse et détourne les règles. Chacun de ses actes, chacune de ses attitudes ne cessent de prouver son inadéquation au monde et l'enfermement qu'elle y subit. Par contraste, le destin de Léonard, ce frère absent engagé à la Légion et qui réapparaît en clôture du roman, révèle l'impossible évasion de Théoda, prisonnière d'un monde cadenassé dont l'isolement géographique n'est que le plus apparent des paramètres. Les premières apparitions de la jeune femme mettent déjà en lumière sa différence de nature, vêtue du costume rouge de sa vallée, plus voyant que les autres. Sa beauté trop brillante, dont l'éclat rivalise scandaleusement avec les objets saints des processions villageoises, doublée d'une coquetterie trop manifeste, n'est guère appréciée. Figure de l'orgueil et du plaisir gratuit, puisque un amour adultère n'est pas seulement le synonyme d'une trahison mais sous-entend également la quête d'un plaisir charnel pour lui-même, la jeune femme est condamnée par une société où chaque geste inutile est suspect.

Enfant bâtarde, Théoda répond à l'image qu'on s'en faisait alors : « [...] ils sont plus beaux que les autres, ils ont plus d'esprit, mais ils ne savent pas vivre... » (p. 186). Puissante, intouchable, elle n'est pas cependant l'exclue que l'on moque – folle, mendiante ou prostituée, figures de la rupture propices à la naissance d'une intrigue –, mais plutôt celle que l'on maudit en cachette et que l'on craint. Les mains plongées dans l'eau trouble de la faute, véritablement portée par un amour qui la dépasse, Théoda est aussi de celles qu'on envie et qu'on plaint dans un même souffle. Elle est enfin, pour Marceline, un être aux limites de l'humanité, au-dessus des lois des hommes, semblant marcher sans toucher le sol, et qui, ayant revêtu la chasuble du prêtre pour se réchauffer, prend l'apparence de la Vierge. Les figures féminines hors-normes peuplent les récits de Corinna Bille. Théoda, l'une des premières, semble tendre sa main vers la petite Emerentia, à l'autre bout de l'œuvre, dont l'écrivaine publie l'histoire en 1979, l'année de sa mort[3]. Exilée, douée d'une beauté exceptionnelle et condamnée à un destin tragique, Emerentia, en digne fille de Théoda, est elle aussi insoumise par instinct, par conviction viscérale d'être dans la vérité en étant au-dehors.

A la toute fin du roman, tandis que la vie reprend son cours, Marceline découvre une prière consacrée à la Vierge, celle dont les « délices sont d'être avec les enfants des hommes » (p. 193), celle dont l'être tout entier appartient à chaque parcelle du monde. La scène clôt l'histoire de Théoda,

---

[3] S. Corinna Bille, « Emerentia 1713 », dans *Deux Passions*, Vevey & Paris, Bertil Galland & Gallimard, 1979.

qui semble désormais absoute, sans condamnation morale ; n'est-elle pas après tout une mal-mariée de plus, comme cette jeune fille au début du roman qui souille sa robe dans les étables pour apparaître couverte de boue au pied de l'autel ?[4]

Se rejoignent alors la figure immortelle de Théoda et celle de Marceline, découvrant ici l'immensité de la terre qui l'entoure, l'horizon illimité qui sera le sien. Et toutes deux d'incarner ensemble la force d'indépendance que nécessite la mise en œuvre d'une conviction intime, celle dont doit faire preuve Corinna Bille au moment de choisir l'écriture, dans un monde où les femmes écrivains ne cessent de ruser avec les règles de convenance et les tâches domestiques que l'on attend d'elles. Cette conviction d'être dans la vérité en étant au-dehors, quelles que soient les transgressions, quels que soient les sacrifices.

Céline Cerny

[4] On pense ici également à l'expérience de S. Corinna Bille elle-même qui vécut l'échec d'un mariage raté avec Vital Geymond, entre 1934 et 1936.

LES ŒUVRES DE S. CORINNA BILLE

PRINTEMPS

poèmes

Nouveaux Cahiers, La Chaux-de-Fonds, 1939

THÉODA

roman

Portes de France, Porrentruy, 1944
Réédition illustrée par Gérard de Palézieux :
Guilde du Livre, Lausanne, 1958
Edition de luxe, lithographies en couleurs de Jacques Berger :
Gonin, Lausanne, 1967
Castella, Albeuve, 1978
Traduction allemande de Marcel Pobé :
Steinberg-Verlag, Zurich, 1963
Plaisir de Lire, Lausanne 2008

LE SABOT DE VÉNUS

roman

1ère édition : Rencontre, Lausanne, 1952
Réédition illustrée par Henri Roulet :
2ème édition :Le Livre du Mois, Lausanne, 1970
3ème édition : Castella, Albeuve 1982
4e édition : Plaisir de Lire, Lausanne 2008

Traductions :

VENUSSCHUH, Im Waldgut Verlag 2008
LA SCARPETTA di VENESE, Tarara, 2008

LE GRAND TOURMENT
nouvelles
eaux-fortes d'Edmond Bille
Terreaux, Lausanne, 1951

FLORILÈGE ALPESTRE
Payot, Lausanne, 1953

DOULEURS PAYSANNES
nouvelles
Guilde du Livre, Lausanne 1953
Castella, Albeuve, 1978
Plaisir de Lire, Lausanne 2008

L'ENFANT AVEUGLE
contes et nouvelles
Aux Miroirs partagés, Lausanne, 1955
Castella, Albeuve, 1980

À PIED, DU RHÔNE À LA MAGGIA
récit
Terreaux, Lausanne, 1957

LE PAYS SECRET
poèmes et comptines
aquarelles d'Edmond Bille
Treize Etoiles, Sierre, 1961

L'INCONNUE DU HAUT-RHÔNE
théâtre
Rencontre, Lausanne, 1963

ENTRE HIVER ET PRINTEMPS
nouvelles
Payot, Lausanne, 1967
Hors commerce, aquarelles d'Edmond Bille :
Terreaux, Lausanne, 1967
Castella, Albeuve, 1980

LA FRAISE NOIRE
nouvelles
Préface de Dominique Aury
dessins d'Auberjonois
Guilde du Livre, Lausanne, 1968
Gallimard, Paris, 1976
Traduction allemande : Collection CH,
Benziger Verlag et Ex Libris, Zurich, 1975

LE MYSTÈRE DU MONSTRE
récit
Edition de luxe, bois gravés en couleurs
et lithographies de Robert Hainard :
Verdonnet, Lausanne, 1967
Edition courante :
Cahiers de la Renaissance Vaudoise, Lausanne, 1968

JULIETTE ÉTERNELLE
nouvelles
préface de Pierre Jean Jouve dessins d'Auberjonois
Guilde du Livre, Lausanne, 1971
Castella, Albeuve, 1982

LA PERLE ROSE DU LAC
conte
illustrations de Freddy Huguenin
Œuvre suisse des lectures pour la jeunesse
Zurich, 1972

CENT PETITES HISTOIRES CRUELLES
Bertil Galland, Vevey, 1973

ROSE-DE-NUIT OU LE SURSIS
nouvelle
Edition de luxe,
illustrations originales d'Yvone Duruz
Galerie Octogone, Saint-Pierre-de-Clages, 1974

LA DEMOISELLE SAUVAGE
nouvelles
Bertil Galland, Vevey, 1974
Gallimard, Paris, 1975
Bourse Concourt de la Nouvelle, 1975

FINGES, FORÊT DU RHÔNE
recueil de textes
photographies de Suzi Pilet
Editions du Grand-Pont, Lausanne, 1975

LE SALON OVALE
nouvelles et contes baroques
Bertil Galland, Vevey, 1976
Plaisir de Lire, Lausanne 2008

LES INVITÉS DE MOSCOU

roman

Bertil Galland, Vevey, 1977

Ex Libris, Lausanne, 1977

LA MAISON MUSIQUE

contes

préface de Philippe Soupault

Ex Libris, Lausanne, 1977

LA MONTAGNE DÉSERTE

poèmes

Eliane Vernay, Genève, 1978

CENT PETITES HISTOIRES D'AMOUR

Bertil Galland, Vevey, 1978

Gallimard, Paris, 1979

DEUX PASSIONS

récits

Bertil Galland, Vevey 1979

Gallimard, Paris, 1979

Traduction allemande de Erika Tophoven-Schöningh :

Rainer Wunderlich Verlag Hermann Leins,

Tübingen, 1980

LE SOURIRE DE L'ARAIGNÉE ET AUTRES

illustrations de Jocelyne Pache

L'Aire, Lausanne, 1979

CHANT D'AMOUR ET DE MORT
poème
Edition de luxe,
lithographies originales d'Yvone Duruz
Editions Octogone, Saint-Pierre-de-Clages,1979

PETITE ENFANCE
Souvenirs de Jean Quinodot recueillis par C. Bille
in ROSE ROUGE ET AUTRES POÈMES
mis en musique par Jean Quinodoz
Bertil Galland, Vevey, 1979

SOLEIL DE LA NUIT suivi de
UN GOÛT DE ROCHER
poèmes
Eliane Vernay, Genève, 1980

LE BAL DOUBLE
nouvelles
Bertil Galland, Vevey, 1980
Gallirnard, Paris, 1980

LE PANTIN NOIR
roman
L'Aire, Lausanne, 1981

CORRESPONDANCE
à ses parents Edmond et Catherine Bille
Plaisir de Lire, Lausanne, 1998

À consulter :

HOMMAGE À S. CORINNA BILLE ET MAURICE CHAPPAZ
Zofingue, Feuille centrale, janvier 1953

Jacques Chessex
UNE LECTURE DE CORINNA BILLE
in LES SAINTES ÉCRITURES
Bertil Galland, Vevey, 1972
Manfred Gsteiger
LA NOUVELLE LITTÉRATURE ROMANDE
Bertil Galland, Vevey, 1978

Georges Anex
LA FRAISE NOIRE in L'ARRACHE-PLUME
Coédition l'Aire, Lausanne, et le Journal de Genève, Genève, 1980

Monique Moser-Verrey
LES FORÊTS DE CORINNA BILLE
in SWISS-FRENCH STUDIES
— Études romandes — Vol. I, No 1, mai 1980
Published for Acadia University by Lancelot Press

Gilberte Favre
CORINNA BILLE, LE VRAI CONTE DE SA VIE

Biographie illustrée de 234 photographies
Éditions 24 HEURES, Lausanne, 1981
Marguerite Nicod-Saraiva
CORINNA BILLE ET LE BONHEUR TERRESTRE
in LETTRES ROMANDES
L'Aire, Lausanne, 1981

Ouvrages disponibles aux Editions Plaisir de Lire

(ch. des Rosiers 5, CH-1004 Lausanne, ou : plaisirdelire@swissonline.ch)

AMIGUET Paul	Les Robinsons du Roc Pointu
ANSORGE Gisèle	Le Jardin secret
ARENE Paul	Jean-des-Figues
BARBEY Mary Anna	Prosperity Mill afrique Les amants du bois sacré
BOURGET (Docteur)	Beaux dimanches
BRESSLER Madeleine	Le Semeur de paradis L'Ile d'en face
BILLE S. Corinna	Cent petites histoires cruelles et... Correspondance, 1923-1958 Douleurs paysannes Juliette éternelle
BROSSET Georges	Le Précepteur d'été Le Temps de la Gravière
BUENZOD Emmanuel	Gens de rencontre
BURNAT-PROVINS	La Fenêtre ouverte sur la vallée
Marguerite	Vous Le Voile Près du rouge-gorge Heures de printemps, d'été Heures d'automne, d'hiver

CHAPPAZ Maurice	Le Match Valais-Judée Testament du Haut-Rhône Un Homme qui vivait couché sur un banc
avec GENEVAY Eric	Les Géorgiques de Virgile (dessins de Palézieux) Les Idylles de Théocrite (dessins de Palézieux)
CHEVALLEY Etienne	Les Insolites
CURCHOD Alice	Les Pieds de l'Ange Le Pain quotidien L'Amour de Marie Fontanne
DERIEX Suzanne	Graines de ciel
DISERENS Michel	Dangereuse immersion
DUBUIS Catherine	Les Chemins partagés (Biographie de Cilette Ofaire)
FRANCILLON Clarisse	La Lettre La Belle Orange
GEHRI Francine-Charlotte	C'est de nouveau l'aube Mortes, mes îles Un sou d'or
GIDDEY Ernest	Le Petit Bronzino
LANDRY Charles-François	Nouvelles méridionales
LOUCA Anne-Lise	Pèlerinage à trois voix
MAGNAN Pierre	Périple d'un cachalot

MARTIN Vio	Equinoxe d'automne Le Chant des coqs Terres Noires Les Saisons parallèles
MAGNARIDES Martine	Fougereine
METZENER Hilda	Le maître des joncs
MEYER Conrad Ferdinand	Jürg Jenatsch
MONNIER Philippe	Le Livre de Blaise
MOSER Philippe	Tangram
OFAIRE Cilette	Sylvie Velsey Un Jour quelconque
PIDOUX Edmond	La Journée de Dreuze Malices et merveilles
PIDOUX Gil	Les Veuves
PILENKO Marianne	Brumes de Barbarie
POTTERAT Jean-Charles	L'ombre absoute
PRIVAT Edmond	Vision d'une jeune femme
RAMUZ Charles Ferdinand	Aimé Pache, peintre vaudois Aline Découverte du monde Derborence Farinet ou la fausse monnaie Jean-Luc persécuté La Beauté sur la terre La Guérison des malades La Guerre aux papiers La Guerre dans le Haut-Pays

	L'Amour du monde La Vie de Samuel Belet Le Garçon savoyard Le Règne de l'esprit malin Le Village brûlé Les Circonstances de la vie Les Servants et autres nouvelles Morceaux choisis Paris, Notes d'un Vaudois Passage du poète La séparation des races Si le soleil ne revenait pas Un vieux de campagne et autres nouvelles Les Notes du Louvre
ROSTRA Elisabeth-Marie	Marioucha
ROULET Claudine	La Maison loin de tout Déborah
TŒPFFER Rodolphe	Derniers voyages en zigzag (volumes I et II)
THOMI William	La Chaloupe dorée
WALLIS-LOHNER Suzanne	Sabine sur les chemins de l'aube
ZERMATTEN Maurice	Connaissance de Ramuz

Achevé d'imprimer le 15 mars 2019
sur les presses de
La Manufacture - Imprimeur – 52200 Langres
Tél. : (33) 325 845 892

N° imprimeur : 190182 - Dépôt légal : novembre 2008
Imprimé en France